BLANCHE COMME LE LAIT,
ROUGE COMME LE SANG

Né en 1977 à Palerme, docteur en lettres classiques, Alessandro D'Avenia est professeur de littérature dans un lycée de Milan et scénariste. *Blanche comme le lait, rouge comme le sang* est son premier roman.

ALESSANDRO D'AVENIA

Blanche comme le lait, rouge comme le sang

ROMAN TRADUIT DE L'ITALIEN PAR NATHALIE BAUER

JC LATTÈS

Titre original :

BIANCA COME IL LATTE, ROSSA COME IL SANGUE
Publié par Arnoldo Mondadori Editore.

ISBN : 978-2-253-16459-3 – 1re publication LGF

À mes parents,
qui m'ont appris à regarder
le ciel, les pieds par terre.

À mes élèves,
qui m'apprennent chaque jour
à renaître.

« Un fils de roi mangeait à sa table. Comme il coupe son fromage blanc, il se blesse un doigt et une goutte de sang coule sur son fromage. Aussitôt il dit à sa mère : “Maman, je voudrais une femme blanche comme le lait et rouge comme le sang. – Eh, mon garçon, quand on est blanche, on n'est pas rouge, et quand on est rouge, on n'est pas blanche. N'importe, à toi de la trouver si tu parviens à mettre la main dessus.” »

Italo CALVINO,
« L'amour des trois grenades »,
in *Contes populaires italiens* [1].

1. Traduction de Nino Frank, Denoël, 1982. (Toutes les notes sont de la traductrice.)

Tout a une couleur. Chaque émotion a une couleur. Le silence est blanc. De fait, le blanc est une couleur que je ne supporte pas. Passer une nuit blanche, rendre une feuille blanche, saigner à blanc, brandir le drapeau blanc, avoir un cheveu blanc... Ou plutôt, le blanc n'est même pas une couleur. Ce n'est rien, comme le silence. Un rien sans paroles ni musique. En silence : en blanc. Je suis incapable de garder le silence ou d'être seul, ce qui revient au même. Cela me cause une douleur juste au-dessus du ventre ou dans le ventre – je n'ai jamais bien compris –, qui m'oblige à monter sur mon Bat-scooter nase et sans freins (il faudra bien que je me décide un jour à le faire réparer), à me promener sans but en fixant les filles pour m'assurer que je ne suis pas seul. Un regard de leur part me prouve que j'existe.

Pourquoi je suis comme ça ? Je perds mon sang-froid. Seul, je suis déstabilisé. J'ai besoin de... je l'ignore moi-même. Merde ! En revanche, j'ai un iPod. Eh oui. Quand tu sors pour aller au-devant d'une journée au goût d'asphalte poussiéreux au lycée, puis d'un tunnel d'ennui entre devoirs, parents et chien, et rebelote, jusqu'à ce que mort vous sépare, seule une bonne B.O. peut te sauver. Tu te fourres les écouteurs dans les oreilles et tu pénètres dans une nouvelle dimension. Dans une émotion à la bonne couleur. Quand j'ai besoin de tomber amoureux : rock mélodique. Besoin d'être en forme : heavy metal pur et dur. Besoin d'avoir la haine : rap et trucs crus, surtout gros mots. De cette façon, je ne suis pas seul. Quelqu'un m'accompagne et colore ma journée.

Ce n'est pas que je m'ennuie. J'ai mille projets, dix mille souhaits, un million de rêves à réaliser, un milliard de trucs à commencer. Mais je n'arrive jamais à m'y mettre, car ça n'intéresse personne. Alors je me dis : Leo, pourquoi te prendre la tête ? Laisse tomber, profite de ce que tu as.

On n'a qu'une seule vie, et quand elle vire au blanc, mon ordi est le meilleur moyen de la raviver : je trouve toujours quelqu'un avec qui chatter (mon surnom, c'est le Pirate, comme Johnny Depp). Car écouter les autres, je sais faire. Ça me botte. Ou alors je prends mon Batscooter sans freins et je me promène sans but. Quand j'ai un but, je vais chez Niko, et on joue quelques morceaux, lui à la basse, moi à la guitare électrique. Un jour, on sera célèbres, on aura un groupe, on l'appellera La Chiourme. Niko prétend que je devrais aussi chanter parce que j'ai une belle voix, mais ça me fout la honte. Ce sont mes doigts qui chantent sur la guitare, et les doigts ne rougissent pas. Un guitariste, on ne le siffle pas. Un chanteur, oui…

Si Niko n'est pas dispo, je rejoins les autres à l'arrêt de bus. L'arrêt devant le lycée, celui auquel chaque mec a déclaré publiquement son amour. Il y a toujours un pote, et parfois une fille. Parfois il y a aussi Beatrice, et c'est pour elle que je vais à cet arrêt.

C'est bizarre : le matin, personne n'a envie d'aller au bahut, et l'après-midi tout le monde s'y donne rendez-vous. La différence, c'est que les vampires, c'est-à-dire les profs, n'y sont pas : des sangsues qui rentrent chez elles pour s'enfermer dans leurs sarcophages en attendant leurs prochaines victimes. Même si, contrairement aux vampires, les profs agissent le jour.

Quand Beatrice est devant l'école, ça change tout. Des yeux verts qui lui dévorent le visage. Des cheveux roux qui, une fois dénoués, vous jettent l'aube au nez. Des mots rares mais justes. Si elle était du cinéma, elle serait un genre à inventer. Si elle était un parfum : le sable au petit matin quand la plage est en tête à tête avec la mer. Une couleur ? Beatrice est rouge. De même que l'amour est rouge. Tempête. Ouragan qui te balaie. Tremblement de terre qui te démolit. C'est ce que je ressens chaque fois que je la vois. Elle ne le sait pas encore, mais un de ces jours je le lui dirai.

Oui, un de ces jours je lui dirai qu'elle est faite pour moi et que je suis fait pour elle. Pas moyen de s'en tirer : à l'instant où elle s'en rendra compte tout sera parfait, comme dans les films. Il faut juste que je trouve le bon moment et la bonne coiffure. Parce que c'est sûrement un problème de cheveux. Je n'accepterais de les couper que si Beatrice me le demandait. Mais je risquerais de perdre mes forces comme le type de l'histoire. Non. Le Pirate ne peut pas avoir les cheveux courts. Un lion sans crinière n'est pas un lion. Ce n'est pas pour rien que je m'appelle Leo.

Un jour, j'ai vu un documentaire sur les lions. Un mâle à la crinière énorme sortait des broussailles, et une voix chaude disait : « Le roi de la forêt a sa couronne. » Mes cheveux sont ainsi : libres et majestueux.

C'est pratique de les porter à la manière des lions. C'est pratique de ne jamais les peigner et d'imaginer qu'ils se dressent librement, comme mes pensées : elles explosent de temps en temps et se dissipent. Les pensées, je les offre aux autres, bulles d'un Coca tout juste ouvert. Avec ma tignasse, je dis un tas de trucs. C'est vrai. Ce que j'ai dit est vrai.

Tout le monde me comprend à mes cheveux. En tout cas, mes copains du lycée, de la bande, les autres pirates : Éponge, Échalas, Toupet. Mon père y a renoncé depuis longtemps. Ma mère n'arrête pas de les critiquer. Et quand elle les voit, ma grand-mère est au bord de l'attaque (mais elle a au moins quatre-vingt-dix ans).

Pourquoi les gens ont tant de mal à accepter mes cheveux ? Ils me disent *Il faut que tu sois authentique, il faut que tu t'exprimes, il faut que tu sois toi-même !* Et si j'essaie de me montrer tel que je suis : *tu n'as pas d'identité, tu copies les autres*. C'est quoi, ce raisonnement ? Soit tu es toi-même, soit tu copies les autres. De toute façon, ils ne sont jamais contents. La vérité, c'est qu'ils sont envieux, surtout les chauves. Si un jour je deviens chauve, je me tue.

Si mes cheveux ne plaisent pas à Beatrice, je les couperai, mais je veux d'abord y réfléchir. Ils pourraient être une force. Beatrice, tu dois m'aimer comme je suis, avec cette crinière. Sinon tant pis, c'est fichu entre nous. Chacun doit être soi-même et accepter l'autre tel qu'il est – c'est ce qu'on dit à la télé – sinon, ce n'est pas de l'amour. Allez, Beatrice, pourquoi tu ne comprends pas ? Et puis tu as un avantage car tout en toi me plaît. Les filles sont toujours devant. Pourquoi elles gagnent tout le temps ? Si tu es une belle fille, le monde est à tes pieds, tu choisis qui tu veux, tu fais ce que tu veux, tu mets ce que tu veux… peu importe, on t'admirera toujours. Quel bol !

Moi, certains jours, je préférerais ne pas sortir. Je me sens si moche que j'aimerais me barricader dans ma chambre et mettre un voile sur les miroirs. Blanc. Le visage blanc. Incolore. Quelle torture ! Parfois je suis rouge, moi aussi. Un mec comme ça, ça ne s'invente pas ! J'enfile le bon tee-shirt, je lisse mon jean qui tombe bien et je ressemble à un dieu : seul Zac Efron pourrait me servir de secrétaire. Je serais capable de dire à la première fille croisée : « Écoute, ma belle, on sort ensemble ce soir parce que je veux te donner cette chance incroyable ! Tu as intérêt. Si tu te montres à mes côtés, tout le monde te regardera et dira : putain, comment elle a pu draguer ce mec génial ? ! Tes copains vieilliront de jalousie. »

Je suis vraiment un dieu. J'ai une vie bien remplie. Je ne tiens pas en place. Si je ne devais pas aller en cours, je serais déjà quelqu'un.

Si je n'allais pas en cours je serais probablement plus reposé, beau et célèbre. Mon lycée porte le nom d'un personnage de *Mickey* : Horace. Ses murs sont écaillés, ses salles sont écaillées, ses lavabos plus gris que noirs, ses cartes de géo effilochées, leurs continents et leurs nations délavés, à la dérive... Les murs ont deux couleurs – blanc et marron –, mais il n'y a qu'un seul truc agréable, la cloche de fin de journée qui semble te crier : Tu as gaspillé un matin de plus entre ces murs bicolores. Dégage !

Le bahut n'est utile que dans quelques cas : quand, découragé, je me noie dans des pensées blanches. Je me demande où je vais, ce que je fabrique, si je ferai quelque chose de bon plus tard, si... Heureusement, le lycée est le parc d'attraction qui rassemble le plus de types de mon genre. On parle de tout en oubliant les pensées qui ne mènent à rien. Les pensées blanches ne mènent à rien, il faut les éliminer.

Dans un McDo qui sent le McDo, je dévore des frites. Niko fait du bruit avec sa paille dans son maxi Coca.

« Pense pas au blanc. »

Niko me le répète toujours. Niko a toujours raison. Ce n'est pas pour rien que c'est mon meilleur copain. Comme Will Turner pour Jack Sparrow. On se sauve la vie réciproquement au moins une fois par mois, car c'est à ça que servent les copains. C'est ça qui est bien, avec les copains. Tu les choisis. Pas comme les camarades de classe. Eux tu les rencontres par hasard et c'est vraiment les boules.

Niko est en B (moi en D), on joue dans la même équipe de foot au lycée : les Pirates. On est deux phénomènes. Et puis tu te retrouves en classe à côté d'une fille toujours nerveuse : Elettra. Son prénom craint à lui tout seul. Certaines personnes condamnent leurs enfants par les prénoms. Moi, je m'appelle Leo, et ça me va. J'ai eu du bol : Leo évoque quelqu'un de beau, de fort, qui sort des broussailles comme un roi avec sa crinière. Qui rugit. Ou qui essaie, au moins, dans mon cas… Le destin de chacun se cache dans son prénom, hélas. Par exemple, Elettra. Un prénom qui électrocute. Ça explique pourquoi elle est toujours nerveuse.

Et puis, il y a le casse-couilles professionnel : Giacomo, dit Ça-Chlingue. Encore un prénom qui porte la poisse ! C'est celui de Leopardi, qui était bossu, solitaire et poète. Personne ne parle à Giacomo. Il pue. Personne n'a le courage de le lui dire. Moi, depuis que je suis amoureux de Beatrice, je prends une douche tous les jours et je me rase une fois par mois. De toute façon, ce sont ses oignons. Sa mère, au moins, pourrait lui dire de se laver. Non. C'est peut-être ma faute ? Je ne peux tout de même pas sauver le monde ! Spiderman est là pour ça.

Le rot de Niko me ramène sur Terre. Je lui dis entre deux éclats de rire :

« T'as raison. Faut pas que je pense au blanc. »

Niko me donne une tape sur l'épaule.

« Demain je veux que tu sois dopé ! Il faut qu'on humilie ces nuls ! »

Un sentiment d'immensité m'illumine.

Que serait le lycée sans le tournoi de foot ?

« Je ne sais pas pourquoi je l'ai fait, je ne sais pas pourquoi je me suis amusé à le faire et je ne sais pas pourquoi je le referai » : ma philosophie de vie se résume à cette déclaration lumineuse de Bart Simpson, mon unique maître et guide. Par exemple. Aujourd'hui la prof d'histoire et de philo est malade. Ouais ! Il y aura une remplaçante. Une minable comme d'habitude.

N'utilise pas ce mot !

La menace de ma mère retentit, mais je m'en fous. Quand il faut, il faut ! La remplaçante est par définition un concentré de déveine cosmique.

Primo : parce qu'elle remplace un prof, soit un type minable. CQFD la remplaçante a la poisse au carré.

Deuzio : pourquoi elle est remplaçante ? C'est une vie, de remplacer un prof malade ?

C'est-à-dire : non seulement tu as la poisse, mais tu portes aussi la poisse aux autres. Poisse au cube. La poisse est violette, parce que le violet est la couleur des morts. On l'attendait au tournant, la remplaçante, aussi laide que la mort dans son impeccable tenue violette à bombarder de boulettes de papier trempées dans la salive et lancées avec une précision assassine par des Bic vides.

Mais voilà qu'entre un type jeune. Veste et chemise. Net. Des yeux trop noirs à mon goût. Des lunettes également noires sur un nez trop long. Un sac bourré de bouquins. Il répète qu'il aime son métier. Il ne manquait plus que ça. Les types qui y croient sont les pires ! Je ne me rappelle pas son nom. Je discutais avec Silvia quand il l'a dit. Avec Silvia on peut tout se raconter. Je l'adore et je la prends souvent dans mes bras. C'est agréable pour elle, comme pour moi. Pourtant, elle n'est pas mon genre. Elle sait parler de tout, écouter et donner des conseils. Mais il lui manque ce truc en plus : la magie, le charme. Ce que possède Beatrice. Silvia n'a pas les cheveux roux, comme Beatrice. Beatrice a un regard qui fait rêver. Elle est rouge. Silvia est bleue, la couleur des vrais amis. Le remplaçant, lui, n'est qu'une petite tache noire dans une journée irrémédiablement blanche.

Minable, minable, super minable !

Il a les cheveux noirs. Les yeux noirs. Une veste noire. Bref, il ressemble à l'Étoile Noire de *La Guerre des étoiles*. Il ne lui manque qu'une haleine mortifère pour tuer élèves et collègues. Il ne sait pas quoi faire parce qu'on ne lui a rien dit et que le portable de la prof Argentieri est éteint. Argentieri ne sait même pas l'utiliser. Ce sont ses enfants qui le lui ont offert. Elle peut faire des photos avec. Mais elle n'y pige que dalle. Elle ne s'en sert que pour son mari. Oui, parce que le mari d'Argentieri est malade. Il a un cancer, le pauvre type ! Un tas de personnes ont un cancer. Quand c'est au foie, c'est incurable. Il faut vraiment avoir du pot. Le mari d'Argentieri a un cancer du foie.

C'est Nicolosi, la prof de gym, qui nous l'a raconté. Le mari d'Argentieri suit une chimio à l'hôpital du mari de Nicolosi. Bon sang, quel manque de bol ! Argentieri est barbante et mortellement pointilleuse, elle a une fixette : le type qui disait qu'on ne se baigne pas deux fois dans le même fleuve, un truc qui me paraît évident… Mais j'ai de la peine pour elle quand je la vois chercher sur son portable la trace d'un appel de son mari.

Bon, le remplaçant essaie de nous faire cours, sans succès comme tous les remplaçants : personne ne l'écoute. L'occasion est trop bonne pour déconner et se foutre d'un adulte raté. Soudain, je lève le doigt et demande, sérieux :

« Pourquoi vous avez choisi ce métier… »

Et j'ajoute tout bas :

« … de minable ? »

La classe rit. Il ne bronche pas.

« C'est la faute de mon grand-père. »

Il est vraiment à côté de ses pompes.

« Quand j'avais dix ans, mon grand-père m'a raconté une histoire des *Mille et une nuits.* »

Silence.

« Mais parlons pour le moment de la Renaissance carolingienne. »

Tous les élèves ont les yeux pointés sur moi. J'ai commencé et je dois continuer. Ils ont raison. Je suis leur héros.

« Pardon, m'sieur, mais l'histoire des *Mille et…* Bref, laquelle ? »

Des rires éclatent. Le silence revient. Un silence digne d'un western. Les yeux du prof sont plantés dans les miens.

« Je croyais que la façon dont on devient un minable ne t'intéressait pas… »

Silence. Le duel tourne à son avantage. Je ne sais pas quoi dire.

« En effet, je m'en fous. »

En réalité, ça m'intéresse. Je veux savoir comment on rêve d'être un minable et comment on se met même à réaliser ce rêve. Au point d'en paraître très content. Les autres me jettent un regard de travers. Silvia demande :

« Racontez-nous, monsieur. »

Abandonné par tout le monde, y compris par Silvia, je m'enfonce dans le blanc, tandis que le prof commence avec des yeux d'illuminé :

« Mohammed el Magrebi vivait au Caire dans une maisonnette entourée d'un jardin. À l'intérieur de ce jardin, il y avait un figuier et une fontaine. Il était pauvre. Un jour il rêva d'un homme tout mouillé qui sortait une pièce en or de sa bouche et lui disait : "Ta fortune se trouve en Perse, à Ispahan… tu y trouveras un trésor… vas-y !" À son réveil, Mohammed s'y précipita. Après mille embûches, il arriva à Ispahan. Alors qu'il cherchait de quoi manger, épuisé, on le prit pour un voleur.

« On le frappa presque à mort avec des cannes de bambou. Puis l'officier lui demanda : "Qui es-tu, d'où viens-tu, pourquoi es-tu ici ?" Mohammed lui raconta la vérité : "J'ai rêvé d'un homme mouillé qui me disait que je trouverais ici un trésor. Un bien beau trésor, des coups de bâton !" L'officier éclata de rire et lui lança : "Imbécile ! Tu crois aux rêves ? Hé… j'ai rêvé trois fois d'une pauvre maison du Caire où se trouve un jardin, et à l'intérieur de ce jardin un figuier, et derrière ce figuier, une fontaine, et sous la fontaine un trésor énorme ! Mais je n'ai jamais quitté Ispahan, imbécile ! Va-t'en, homme crédule !" Mohammed rentra chez lui et, en creusant sous la fontaine de son jardin, déterra le trésor ! »

Il a raconté son histoire en marquant des pauses, comme un acteur. Silence et pupilles dilatées parmi mes camarades, comme Toupet quand il fume un pétard : mauvais signe. Il ne manquait plus qu'un conteur. J'accueille la fin de l'histoire par un rire.

« C'est tout ? »

Le remplaçant se lève. Sans un mot, il s'assied sur le bureau.

« C'est tout. Ce jour-là, mon grand-père m'a expliqué que nous sommes différents des animaux, qui se contentent d'obéir à la nature. Nous sommes libres. C'est le plus grand cadeau que nous ayons reçu. Grâce à la liberté, nous pouvons changer. La liberté nous permet de rêver, et les rêves sont le sang de notre vie, même s'ils requièrent parfois un long voyage et quelques coups de bâton. "Ne renonce jamais à tes rêves ! N'aie pas peur de rêver, même si les autres se moquent de toi, voilà ce que m'a dit mon grand-père. Tu renoncerais à être toi-même." Aujourd'hui encore je me rappelle que son regard brillait en prononçant ces mots. »

Tous les élèves observent un silence admiratif. Je suis furieux que ce type-là soit au centre de l'attention, alors que c'est moi qui devrais l'être pendant les cours des remplaçants.

« Quel rapport avec les cours d'histoire et de philo, m'sieur ?

— L'histoire est une marmite remplie de projets réalisés par des hommes qui sont devenus adultes parce qu'ils ont eu le courage de changer leurs rêves en réalité. La philosophie est le silence dans lequel ces rêves naissent. Même si les rêves de ces hommes étaient parfois des cauchemars pour ceux qui en ont fait les frais. Quand ils ne naissent pas du silence, les rêves se transforment en cauchemars. L'histoire, comme la philosophie, l'art, la musique et la lecture, est la meilleure façon de découvrir la nature humaine. Alexandre le Grand, Auguste, Dante, Michel-Ange… tous des hommes qui ont mis leur liberté en jeu de la meilleure manière possible et qui, en se transformant, ont changé l'histoire. Le prochain Dante ou le prochain Michel-Ange se trouve peut-être dans cette classe… Ce pourrait être toi ! »

Le prof parle, les yeux brillants, des aventures de petits hommes qui ont grandi grâce à leurs rêves et à leur liberté. Ça me touche. Mais ce qui me touche encore plus, c'est que je suis en train d'écouter ce nul.

« L'humanité ne peut faire de progrès lui permettant de croire en elle-même qu'à condition que l'homme croie en ce qui est au-delà de sa portée. C'est-à-dire à un rêve. »

Pas mal, cette phrase. Mais c'est le langage typique des profs jeunes et rêveurs. J'aimerais voir sa tête et celle de ses rêves dans un an ! Je le surnomme « le Rêveur ». C'est bien d'avoir des rêves, c'est bien d'y croire.

« M'sieur, ce sont juste de belles paroles. »

Je veux comprendre s'il est sérieux ou s'il s'est bâti un monde à lui pour masquer sa vie minable. Le Rêveur me regarde droit dans les yeux et me dit au bout d'un moment :

« De quoi as-tu peur ? »

C'est alors que la sonnerie sauve mes pensées, soudain muettes et blanches.

Je n'ai peur de rien. Je suis en seconde. Section classique. C'est ce que mes parents ont voulu. Moi, je ne savais pas. Ma mère a fait la même section. Mon père aussi. Ma grand-mère est l'incarnation du classique. Seul le chien y a coupé.

Cela t'ouvre l'esprit, te donne des horizons, structure ta pensée, te rend élastique.

Et te casse les couilles du matin jusqu'au soir.

Exactement. Ce n'est pas une raison pour fréquenter ce genre de bahut. Au moins, les profs ne me l'ont jamais expliqué. Premier jour de classe : présentations, introduction au bâtiment et connaissance des profs. Une sorte d'excursion au zoo : les profs, une espèce protégée qui, on l'espère, s'éteindra définitivement...

Quelques tests pour s'assurer du niveau de chacun. Et après cet accueil chaleureux... l'enfer : les élèves transformés en ombres et en poussière. Devoirs, explications, interros à un rythme incroyable. Au cours du premier cycle, une demi-heure de travail suffisait. Puis foot dans n'importe quel endroit ressemblant à un terrain, depuis le couloir de chez moi jusqu'au parking d'en bas. Au pire, foot sur la Playstation.

En troisième, c'était différent. Pour passer, il fallait bosser. Ça ne m'empêchait pas de glander, parce qu'il faut croire à une chose pour la faire. Et aucun prof n'a réussi à me persuader que ça en valait la peine. Si un type qui y consacre toute sa vie n'y parvient pas, pourquoi je le devrais ?

Je suis allé sur le blog du Rêveur. Oui, le remplaçant d'histoire et philo a un blog, et je suis curieux de voir ce qu'il y écrit. Les profs n'ont pas de vie réelle en dehors du lycée. Ils n'existent pas en dehors. Je voulais donc voir de quoi parlait un type qui ne pouvait parler de rien. Il parlait d'un film qu'il avait revu pour la énième fois : *Le Cercle des poètes disparus*. Il disait qu'il partageait la passion du héros pour l'enseignement. Ce film lui avait montré ce qu'il était venu faire sur cette Terre. Il continuait par une phrase mystérieuse mais belle : « Arracher la beauté où qu'elle soit et l'offrir à ceux qui m'entourent. Voilà pourquoi je suis au monde. »

Il faut admettre que le Rêveur sait dire les choses. Deux phrases prouvent qu'il a compris sa vie. Bien sûr, il a trente ans, ce qui explique tout. Mais il est rare de voir les choses formulées aussi clairement. Il avait mon âge quand il a mûri son rêve. Il a entrevu le but et l'a atteint.

Moi, j'ai seize ans et je n'ai pas de rêves particuliers, mis à part ceux que je fais la nuit et dont je ne me souviens pas le matin. Erika-avec-un-k prétend que les rêves dépendent de la réincarnation, de ce que nous avons été dans une vie antérieure. Comme ce footballeur qui dit avoir été un canard, ce qui lui a peut-être été utile dans son métier. Erika-avec-un-k affirme qu'elle a été un jasmin. Voilà pourquoi elle est toujours parfumée. J'aime le parfum d'Erika-avec-un-k.

Je ne pense pas m'être jamais réincarné. Si je devais choisir, je préférerais un animal à une plante : un lion, un tigre, un scorpion… Bien sûr, la réincarnation est un problème, mais c'est trop compliqué pour y réfléchir maintenant et je n'ai aucun souvenir de l'époque où j'étais un lion, même si j'en ai gardé la crinière et que la force du lion court dans mes veines. C'est la raison pour laquelle j'ai dû être un lion et je m'appelle Leo. *Leo* signifie « lion » en latin. *Leo rugens* : « lion rugissant ».

Bon, je suis en seconde, j'ai surmonté la quatrième et la troisième sans dégâts. D'abord des problèmes en grec et maths. Puis juste en grec. Le grec, c'est les légumes verts du lycée. Amer et uniquement utile au transit intestinal, c'est-à-dire à faire dans ton froc le jour de l'interro…

Mais c'est la faute de Massaroni. La prof la plus pointilleuse et impitoyable du bahut. Elle porte une fourrure de chien. Et rien d'autre. Une fourrure de chien l'hiver, à l'automne et au printemps. L'été… une fourrure de chien d'été. Comment peut-on vivre comme ça ? Elle était peut-être un chien dans une vie précédente ? J'aime attribuer des vies antérieures aux gens car ça aide à expliquer leur caractère.

Beatrice, par exemple, était sûrement une étoile. Oui, parce que les étoiles ont une luminosité éblouissante : on les voit de loin, à des millions d'années-lumière. Ce sont des concentrés d'une matière rouge incandescente et lumineuse. Comme Beatrice. On voit Beatrice à des centaines de mètres. Elle brille, avec ses cheveux roux. Un jour, j'arriverai peut-être à l'embrasser. Au fait, c'est bientôt son anniversaire. Et si elle m'invitait ? Cet après-midi, j'irai à l'arrêt du bus, près du bahut pour la voir. Beatrice, c'est du vin rouge. Elle m'enivre : je l'aime.

Quand tu as un match l'après-midi, tu n'as de temps pour rien d'autre. Il faut te préparer mentalement et savourer l'émotion avec calme. Chaque geste devient important et doit être parfait. Ce que je préfère, c'est enfiler les chaussettes et les sentir me caresser les tibias, comme une armure, comme les jambières d'un chevalier médiéval.

Les adversaires d'aujourd'hui sont en première B. La section des fils à papa. Le résultat est certain, mais pas le nombre de morts. On en éliminera le plus possible. L'herbe synthétique du terrain de troisième génération chatouille toutes les fibres de mon corps. On brille par cet après-midi d'automne encore chaud dans notre tee-shirt rouge frappé au centre d'une tête de mort surmontant l'inscription « Pirates ». On est tous là : Niko, Toupet, Échalas, Éponge qui ressemble plus à une porte blindée qu'à un gardien de but. On a la bonne attitude. C'est ça qui fait la différence. Les autres sont couverts de boutons, ils ont l'air de Minables plus que de Minets.

On leur colle deux buts sans même leur laisser le temps de comprendre à qui ils ont affaire. Niko marque le premier et moi le second. Deux vrais pirates dans la surface de penalty. L'un sait toujours où l'autre se trouve, y compris les yeux fermés, dos contre dos comme deux frères. Tandis que j'exulte après mon corner venimeux et précis, je m'aperçois que Silvia assiste au match avec d'autres copines : Erika-avec-un-k, Elettra, Eli, Fra et Barbie. Elles bavardent. Comme toujours. Elles se fichent complètement du match. Silvia est la seule à applaudir mon but. Je lui envoie un baiser, comme les grands footballeurs qui remercient le virage. Un jour, Beatrice m'enverra ce baiser. Je lui dédierai mon plus beau but et me précipiterai vers le public pour lui montrer mon tee-shirt avec l'inscription « I belong to Beatrice ».

Le mari d'Argentieri est mort. On ne la reverra pas : elle a décidé de partir en préretraite. Elle est anéantie. Bien sûr, ses deux enfants l'épaulent, mais son mari était sa raison de vivre, une raison de vivre qui avait remplacé depuis longtemps l'histoire et la philo. Le Rêveur reste avec nous : décidément, les remplaçants portent la poisse… pour trouver du travail, ils poussent dans la tombe les maris des pauvres enseignantes.

Peu importe, on doit aller à l'enterrement du mari d'Argentieri, ce qui me dépasse vraiment. Je ne sais pas comment m'habiller. Silvia, la seule femme en qui j'ai confiance en matière de style, me conseille des vêtements sombres, genre pull bleu marine et chemise. Un jean conviendra, puisque je n'ai pas d'autre sorte de pantalon. À l'église, il y a un tas de gens du lycée. Je me place au fond : je ne sais pas quand il faut se lever et s'asseoir. Et si je rencontrais la prof ? Qu'est-ce qu'on dit dans ce genre de situations ? Le mot *condoléances* me paraît vulgaire. Mieux vaut rester dans l'ombre, je me confonds avec le groupe : invisible et insignifiant.

Le prêtre qui célèbre la messe est aussi mon prof de caté : Gandalf, avec son petit corps, de poche ou presque, qui lui vaut au lycée ce surnom, comme le sorcier du *Seigneur des anneaux*.

Argentieri est assise au premier rang, noire dehors, blanc dedans. Elle sèche ses larmes avec un mouchoir. À côté d'elle, ses enfants, un type d'environ quarante ans et une femme un peu plus jeune, pas mal. Les enfants des profs sont un mystère : on se demande toujours s'ils sont normaux. Leurs parents doivent leur faire cours du matin jusqu'au soir. La cata…

Argentieri pleure, ça me désole. À la fin, comme par un fait exprès, on se croise. Elle me jette un regard, elle semble attendre quelque chose. Je lui souris. Elle baisse les yeux et sort derrière le cercueil en bois. Je suis vraiment un pirate. Je ne trouve rien de mieux à faire que de sourire à une femme dont le mari est mort. Je pouvais dire quelque chose. Mais ces situations me désarçonnent, ce n'est quand même pas ma faute.

De retour chez moi, je n'ai envie de rien. J'aimerais être seul, mais je ne supporte pas le blanc. Je branche la stéréo et me connecte à Internet. Je chatte avec Niko à propos de l'enterrement.

Je me demande où est le mari d'Argentieri.

Il s'est réincarné ?

Il n'est que cendres ?

Il souffre ?

J'espère qu'il ne souffre plus, parce qu'il a déjà assez souffert. Niko ne sait pas. Il pense qu'il y a quelque chose après. Mais il n'a aucune envie de se réincarner dans une mouche. Pourquoi une mouche ? Il me l'explique : les membres de sa famille lui disent qu'il est aussi emmerdant qu'une mouche.

Au fait, même s'il n'y a pas vraiment de rapport, il ne faut pas que j'oublie l'anniversaire de Beatrice. Je vais lui envoyer un SMS : « Salut Beatrice, c'est Leo, le mec de seconde D aux cheveux de fou. Ton anniversaire approche. Qu'est-ce que tu feras de beau ? À bientôt, Leo § :-) » Pas de réponse. Ça me plombe. Je me suis ridiculisé, comme toujours. Je me demande ce qu'elle pense maintenant. Que je suis le minable de service qui tente sa chance avec un message. Ce silence s'insinue dans mon cœur comme un peintre qui a décidé de repeindre ses murs en blanc en effaçant le prénom de Beatrice et en le recouvrant d'une couche uniforme. Devant mon portable muet, j'ai l'estomac serré. Chagrin, peur, solitude me tordent les boyaux…

D'abord un enterrement, puis le silence de Beatrice. Deux rideaux de fer se baissent. Sur ce blanc qui ferraille on peut lire l'inscription « Passage pour véhicules ». Il faut dégager. Sans penser. Comment on fait ?

Je téléphone à Silvia. Pendant deux heures. Elle comprend que j'avais besoin de parler à quelqu'un et elle me le dit. Elle me comprend toujours, même quand je parle d'autre chose. Dans sa vie antérieure, Silvia était sûrement un ange. Elle saisit tout en un éclair, ce qui est paraît-il la caractéristique des anges. C'est ce que prétend en tout cas la Nonne (Anna, une copine de classe, super catho), « chacun a un ange gardien. Il suffit de parler aux anges de ce qui t'arrive pour qu'ils comprennent tes problèmes en un éclair ». Je n'y crois pas. Mais je pense que Silvia est mon ange gardien. Je me sens soulagé. Elle a relevé les rideaux de fer. On se souhaite une bonne nuit. J'espère que Silvia sera toujours là quand je serai adulte. Mais c'est Beatrice que j'aime.

Avant de m'endormir, je regarde l'écran de mon portable. Un message ! Sans doute la réponse de Beatrice : je suis sauvé. « Si tu n'arrives pas à t'endormir, je suis là. S. » Je voudrais que ce S soit un B…

Donnez-moi un scooter, et je renverserai le monde. Oui, quand tu vas devant le bahut et que tu trouves Beatrice et ses copains, c'est le pied. Je n'ai pas le courage de m'arrêter, elle pourrait me dire devant tout le monde qu'elle ne veut plus de mes messages minables. Je me contente donc de passer, les cheveux flottant sous mon casque, et de lui lancer un regard pareil à une flèche de Cupidon. Soudain je me sens super bien. Je n'irai pas sur les sites pornos pour me branler. Ça me déprime à chaque coup et m'oblige à appeler Silvia, à qui je ne peux pas dire la vérité. Comment parler de ça ?

Heureusement, l'étoile à rayons rouges s'est retournée sur mon passage. Elle sait que je suis l'auteur du message et me confirme de son regard que j'ai une raison de vivre. Je suis sauvé !

Sur mon scooter, je vole à travers les rues encombrées par un million de voitures qui me semblent inexistantes. Tout l'air du monde me caresse le visage et je le bois ainsi qu'on boit la liberté. Je chante « *sei il primo mio pensiero che al mattino mi sveglia* », « tu es la première pensée qui me réveille le matin », et quand je me réveille vraiment, la nuit est tombée.

J'ai erré sur mon tapis volant sans mesurer le temps qui passait. Quand on est amoureux, le temps ne devrait pas exister. Mais ma mère existe, elle n'est pas amoureuse de Beatrice et elle est furieuse : elle ignorait où j'étais. Qu'est-ce que j'y peux ? C'est l'amour. Les moments rouges de ma vie sont ainsi : sans montre. *Peut-on savoir ce que tu as dans le crâne ?* Les adultes ont oublié ce que c'est, d'être amoureux. Inutile donc de le leur expliquer. Inutile de décrire le rouge à un aveugle. Ma mère ne comprend pas. Pour tout arranger, elle veut que je sorte Terminator tous les jours.

Terminator est notre basset à la retraite. Il bouffe, rampe sur son ventre d'un mètre et demi de longueur et produit un million de litres de pisse. Je le sors quand je n'ai pas envie de bosser et je l'autorise à pisser pendant deux heures, mais j'en profite pour aller regarder les vitrines et mater les filles. Je me demande pourquoi les hommes achètent des chiens. Peut-être pour donner du travail à leurs employées de maison. Le parc est bourré d'employées de maison et de chiens. Et quand on n'en a pas, on est baisé. C'est mon cas. De toute façon, les animaux ne sont que des figurants. Terminator ne sait faire qu'une seule chose : pisser. Une vie de chien.

Je n'arrive pas à m'endormir. Je suis amoureux, c'est la moindre des punitions. Quand tu es amoureux, la nuit la plus noire vire au rouge. Les pensées se pressent dans ta tête et ton cœur bat à toute allure. Bizarrement, tout paraît beau. Tu mènes ta vie habituelle, avec les trucs habituels et l'ennui habituel. Puis tu tombes amoureux, et cette même vie se transforme. Tu sais que tu vis dans le même monde que Beatrice, alors tu te fiches pas mal d'avoir une mauvaise note, de crever, de Terminator qui veut pisser, du parapluie que tu n'as pas sous la pluie. Tu sais que ces trucs-là ne sont pas importants, parce qu'ils passent. Mais pas l'amour. Ton étoile rouge brille toujours. Beatrice est là, l'amour est dans ton cœur, un amour immense qui te fait rêver et que personne ne peut t'arracher car c'est un lieu inaccessible. Je ne sais pas comment le décrire, j'espère qu'il durera éternellement.

Je me suis endormi, le cœur plein de cet espoir. Il suffit que Beatrice existe pour que ma vie se renouvelle tous les jours. C'est l'amour qui renouvelle la vie. Oui, c'est vrai, il ne faut pas que je l'oublie. J'oublie un tas de choses importantes. Des choses qui pourraient me servir plus tard, et que j'oublie comme les adultes. Ce phénomène est à l'origine de la moitié des maux du monde. *De mon temps, ces problèmes n'existaient même pas*. Justement. De *ton* temps !

Si j'écrivais quelque part ce que je découvre, je m'en souviendrais peut-être et éviterais de répéter mes erreurs. J'ai une très mauvaise mémoire. C'est la faute de mes parents : ADN merdique. Il n'y a qu'une seule chose dont je me souviens : demain, match de foot pour le tournoi.

Ce n'est pas vrai. Il y a une autre chose dont je me souviens : Beatrice n'a pas répondu à mon message. J'ai perdu tout espoir. Recouvrez-moi de blanc comme une momie.

Gandalf est un homme fait de vent, on a l'impression qu'il pourrait s'envoler à tout instant comme un ballon et on se demande comment il résiste aux hordes de lycéens barbares. Pourtant, il sourit tout le temps. Il a saupoudré de sourires le sol en marbre du bahut. Il sourit quand il vous croise et quand il entre, contrairement aux autres profs. On dirait que son sourire ne lui appartient pas.

Il pénètre dans la salle en souriant. Il écrit une phrase au tableau noir. On attend tous cet instant. Aujourd'hui il a écrit : « Là où se trouve ton trésor se trouve aussi ton cœur. »

Début du jeu.

« Jovanotti [1] !

— Non.

— Max Pezzali ?

— Non.

— Elisa ?

— Non. Moins récent.

---

1. Jovanotti, Max Pezzali et Elisa sont des chanteurs italiens à la mode. Lucio Battisti a été un des interprètes compositeurs les plus célèbres dans les années soixante-dix.

— Battisti ?

— Non.

— J'y suis ! »

Je crie du fond de la classe en écartant les bras en un geste théâtral qui précède le triomphe :

« Oncle Picsou ! »

Tout le monde éclate de rire.

Gandalf nous fixe sans cesser de sourire et dit :

« Jésus-Christ.

— Toujours la même arnaque ! Vous ne pouvez vraiment pas vous en passer.

— Si je pouvais m'en passer, tu crois je me promènerais dans cette tenue ? »

Sourire.

« Que signifie cette phrase ? »

Nouveau sourire.

« D'après vous ?

— C'est comme Gollum, qui répète toujours "mon tré-s-sor". Il ne pense qu'à ça, son cœur est là », explique la Nonne. En général, elle n'ouvre pas la bouche. Quand elle le fait, elle dit des choses profondes.

« J'ignore qui est ce Gollum, mais je te fais confiance. »

Gandalf ne connaît pas Gollum. Ça paraît absurde, mais c'est la vérité. Il continue :

« Voici le sens : lorsque nous avons l'impression de ne penser à rien, nous pensons en réalité à l'être qui habite notre cœur. L'amour est comme une force de gravité, invisible et universelle. Inévitablement, notre cœur, nos yeux, nos paroles se tournent vers ce que nous aimons, comme la pomme et la gravité.

— Et si nous n'aimons rien ?

— Impossible ! Tu imagines la Terre sans gravité ? Ou l'espace sans gravité ? Ce serait une partie d'autos tamponneuses incessante. Même ceux qui croient ne rien aimer aiment quelque chose. Et leurs pensées se tournent vers cette chose à leur insu. La question n'est pas si nous aimons ou pas, mais *ce* que nous aimons. Les hommes adorent toujours quelque chose : la beauté, l'intelligence, l'argent, la santé, Dieu…

— Comment aimer Dieu, qu'on ne peut pas toucher ?

— On peut toucher Dieu.

— Où ?

— Dans son corps, avec l'eucharistie.

— Voyons, c'est une façon de parler… une image…

— Vous croyez que je pourrais jouer ma vie sur une façon de parler ? Toi, Leo, qu'est-ce que tu aimes, à quoi penses-tu quand tu ne penses à rien ? »

Je garde le silence : j'ai honte de répondre à voix haute. Silvia me regarde comme un prof qui attend la bonne réponse pendant une interro ou qui a envie de souffler. Je connais la réponse, je voudrais la crier au monde entier : Beatrice, ma force de gravité, mon poids, mon sang, mon rouge.

« Je pense au rouge. »

Un élève rit, feignant d'avoir saisi une blague que je n'ai pas faite.

Gandalf a compris que je ne plaisantais pas.

« Comment est le rouge ?

— Comme ses cheveux roux… »

Les autres me dévisagent comme si j'avais fumé un pétard avant d'entrer en classe. Seule Silvia me lance un regard complice.

Gandalf me fixe. Il sourit.

« Pour moi aussi…

— C'est-à-dire ?

— Comme son sang. »

Maintenant c'est nous qui le dévisageons comme s'il avait fumé un pétard.

Il va au tableau noir et écrit : « Mon amour est blanc et vermillon. »

Le jeu recommence.

Les cours de Gandalf sont improvisés. Il semble toujours prêt à tirer une phrase de son livre magique…

Personne ne la connaît, personne ne le croit quand il dévoile qu'elle est extraite de la Bible. Voilà pourquoi nous avons même des devoirs de religion : lire le *Cantique des cantiques*.

De toute façon, personne ne les fait.

Dans la vie, seul ce qui vaut une note est utile.

Il n'y a rien de mieux que le programme suivant avec Niko.

Déjeuner léger au McDo, duel de rots à scooter.

Jeu relaxant à la Playstation chez lui : deux heures sur GTA. On a dû découper à la tronçonneuse une quinzaine de flics. Ça nous remplit d'adrénaline qu'il faut ensuite déverser sur nos adversaires au foot : c'est sans espoir pour eux.

Préparation au match avec doping maison : un milk-shake à la banane dont seule la mère de Niko a le secret. La mère de Niko est une de nos supportrices acharnées.

Enfin, le match. Aujourd'hui, on affronte le Fantacalcio. Des durs, une équipe de seconde. On les a battus l'année dernière, mais c'est justement la raison pour laquelle ils sont remontés, ils ont envie de gagner. Le regard du Vandale, leur capitaine, le prouve. Il n'arrête pas de me fixer. Il n'imagine pas ce qui l'attend.

Aucun supporter aujourd'hui. Sans doute parce qu'on a interro de biologie demain. Prévoyant, j'ai décidé de le zapper.

On échauffe les mains rouillées d'Éponge avec des tirs en rase-mottes venimeux. Toupet n'a pas l'air en forme.

Bourrés de milk-shake à la banane et d'adrénaline inexprimée, on décide de réparer ça, Niko et moi. Le gazon n'attend que la caresse de nos chaussures.

Match bloqué sur 0-0 pendant toute la première mi-temps. Le Vandale n'a pas arrêté d'emmerder Niko. Il le marque de près. Il l'empêche de respirer. Il faut qu'on réagisse, je ne sais pas comment. Alors que le Vandale lui mord une nouvelle fois les chevilles avec son pressing de molosse, sans lui laisser le temps de réfléchir ou de shooter, Niko, dépossédé du ballon, se laisse emporter par l'adrénaline. Un tacle, et le Vandale s'effondre en poussant un cri désespéré. À coup sûr, jambe cassée. Le Vandale se contorsionne sur son pied en s'agitant comme Gollum. Ses équipiers se serrent autour de lui. Avant même que je m'approche, un mec balance son poing sur le nez de Niko qui se plie en deux. Ses mains se couvrent de sang. Sans réfléchir, je prends mon élan et jette à l'agresseur :

« Qu'est-ce que tu fous, espèce de débile mental ? »

Ce n'est pas un regard qu'il a dans les yeux, mais une lueur démoniaque qui se détend comme un ressort. Son coup me propulse à deux mètres de distance sur mes fesses et me coupe le souffle.

« Comment tu m'as appelé ? »

Son haleine fétide s'insinue dans mon nez. Je n'ai pas le courage de réagir. Il me massacrerait. Heureusement, l'arbitre intervient : il expulse aussi bien Niko que l'énergumène à tête brûlée.

Sans Niko, le match languit. Le Vandale se ressaisit et marque avec une rage irrépressible.

1 à 0 pour le Fantacalcio.

Lorsque je regagne les vestiaires, Niko a disparu.

Le Vandale m'attend à la sortie avec ses barbares. Ça va mal finir.

« Aujourd'hui, ton pote a eu du cul. La prochaine fois, il sortira pas vivant du terrain… va donc le consoler… pédé ! »

Le Pirate, entouré de sa bande, est réduit au silence par la défaite et l'humiliation qu'une horde de barbares en rogne lui a infligée.

Niko s'est présenté au bahut, les yeux ourlés de marques noires. Le mec qui l'a frappé sera suspendu du tournoi.

« Il va me le payer. Tu n'imagines pas ce que je vais lui faire. Tu n'imagines pas. »

Niko est dans une colère aussi noire que ses bleus.

« Allez, Niko, il a été disqualifié. Ton action contre le Vandale n'était pas des plus élégantes… »

Niko me foudroie de ses yeux mi-clos.

« Tu le justifies ! T'es vraiment devenu un pédé… où t'as laissé tes couilles ? Chez toi ?

— Si tu avais gardé ton sang-froid, on n'aurait pas perdu hier…

— Ah, c'est ma faute… va te faire foutre, Leo ! »

Il me tourne le dos sans me laisser le temps de réagir. La journée ne pouvait pas commencer plus mal.

Le Rêveur est entré en classe avec un petit bouquin. D'une centaine de pages.

« Un livre qui vous change la vie », voilà ce qu'il a dit.

Je n'ai jamais pensé que les bouquins pouvaient changer quoi que ce soit, encore moins la vie. Ou plutôt, ils transforment ta vie parce que tu es obligé de les lire alors que tu voudrais faire autre chose. Mais le Rêveur est un rêveur, et il ne peut pas s'empêcher de rêver. Quel rapport avec l'histoire ? Pour comprendre la période qu'on doit étudier, a dit le Rêveur, il faut pénétrer dans le cœur des hommes de l'époque. Il a commencé à lire les pages d'un bouquin de Dante. Pas *La Divine Comédie*, un pavé cosmique. Un petit livre, l'histoire d'amour de Dante.

Je ne peux pas le croire : Dante a écrit un livre pour Béatrice. Amoureux comme moi. Ce livre s'intitule *Vita nova*, un truc que j'avais découvert tout seul : l'amour renouvelle tout. Et si j'étais le prochain Dante ? Si le Rêveur avait raison pour une fois ? Dante a consacré ce livre à sa rencontre avec Béatrice et à la façon dont sa vie a changé ensuite. Incroyable : un type de la préhistoire qui ressent les mêmes choses que moi ! Je suis peut-être sa réincarnation.

Va donc le dire à Rocca, la prof qui qualifie mon style de *négligé et tordu*, et qui ne me met jamais plus de 10 moins moins, ce qui est le pire des 9 masqués… Je ne suis donc pas la réincarnation de Dante ! Même si on ne comprend pas Dante de nos jours. Il est possible qu'on ne comprenne pas ce que j'écris parce que j'ai un avenir à la Dante… De toute manière, si je ne suis pas Dante, Beatrice demeure Beatrice, et je ne peux pas m'empêcher de penser à elle et de parler d'elle comme le dit Dante : « Je veux, avec vous, ma dame chanter, non que je pense épuiser sa louange mais discourir pour soulager mon cœur[1]. »

Dante a toujours raison ! Il faut que je lise son bouquin, je copierai des poèmes pour Beatrice et les lui dédierai. Ou plutôt, je lui écrirai un message contenant une citation célèbre de ce livre. Elle y répondra certainement. Je ne passerai pas pour un crétin. Elle comprendra que je suis sérieux comme Dante. Je suis incapable de capituler, un lion qui capitule n'est pas un lion. Un pirate qui se retire n'est pas un pirate. Elle comprendra, parce qu'elle a étudié ce texte l'année dernière et, si elle ne s'en souvient pas, elle me demandera… Beatrice est en première. Elle est très douée. Je lui envoie le message : « Incipit *Vita nova…* » C'est classe, en latin, élégant. Le T9 ne devine pas le latin, mais Beatrice comprendra.

Une seule chose m'agace. Le Rêveur abandonne avec décision, aux yeux de tous, sa condition de minable-conteur-porte-poisse. À mes yeux aussi, hélas, et je ne supporte pas ça… il faut que je fasse quelque chose pour lui redonner sa mesure : découvrir son point faible et porter sur ce point l'attaque du Pirate…

---

1. *Vita nova*, XIX, traduit par Louis-Paul Guigues, Gallimard, 1974.

Le T9 est la grande invention du XXIe siècle. Ça te permet de gagner plein de temps et t'offre de belles rigolades, car quand tu veux écrire un mot, il en devine un autre, parfois le contraire.

Je me demande si Dante disposait d'un truc pareil pour composer toutes ses rimes. Certaines personnes sortent leurs talents d'on ne sait où. Ce sont des prédestinés. Moi, je ne sais rien faire d'extraordinaire, mais j'ai confiance. La prof d'anglais commente : *est doué mais ne s'applique pas*. Voilà, je suis doué, je peux tout faire, mais je n'ai pas encore décidé de m'impliquer sérieusement. Je pourrais être Dante, Michel-Ange, Einstein, Eminem ou Jovanotti… Il faut que j'essaie de le découvrir.

Si le Rêveur dit vrai, il faut que je termine mon rêve et le transforme en projet. Comment ? Je lui poserais bien la question, mais j'ai honte et ce serait une manière de lui donner raison… et puis cette manie d'avoir un rêve à seize ans ne me convainc pas. De toute façon, je suis sûr que mon rêve contient Beatrice.

À propos, elle n'a pas répondu à mon message, je suis vexé, je croyais que Dante au moins la toucherait.

Mon estomac se serre à cette idée et mon cœur vire au blanc. Comme si Beatrice avait envie de m'effacer de la face de la Terre au correcteur. J'ai l'impression d'être une erreur, une faute d'orthographe. Un « e » sans accent, un « o » sans « h ». Un coup de correcteur, et je disparais comme toutes les erreurs. La feuille de papier est impeccable, propre, personne ne peut deviner le chagrin que masque la couche blanche.

La poésie, c'est une connerie en rime. Dante, va te faire foutre !

Beatrice a les cheveux roux. Beatrice a les yeux verts. Beatrice a. L'après-midi, elle s'arrête avec ses copains devant le lycée. Beatrice n'est pas fiancée. J'ai assisté à une de ses soirées l'année dernière : un rêve. J'ai passé mon temps à me cacher derrière quelqu'un ou quelque chose pour la regarder, ancrer dans ma mémoire le moindre de ses gestes. Mon cerveau s'est transformé en caméra pour permettre à mon cœur de revoir à tout moment le plus beau film jamais tourné sur la face de la Terre.

Je ne sais pas où j'ai trouvé le courage de lui demander son numéro de portable. En réalité, je ne l'ai pas trouvé… c'est Silvia, sa copine, qui me l'a donné après les vacances d'été. Mais je ne crois pas qu'elle lui ait dit que je le voulais. Cela explique peut-être pourquoi elle ne me répond pas. Elle ignore que je suis l'auteur de ces messages. Sur mon portable, elle est « Rouge ». Étoile rousse, soleil, rubis, cerise. Elle pourrait quand même répondre, par curiosité.

Mais j'ai été, ou non, un lion dans ma vie précédente ? Voilà pourquoi j'insiste. Je me tapis dans la forêt et, au moment opportun, jaillis des broussailles, agrippe ma proie en lui bloquant toute issue, après l'avoir braquée dans une clairière sans abri. C'est ainsi que j'agirai avec Beatrice. Se trouvant face à face avec moi, elle sera obligée de me choisir.

Nous sommes faits l'un pour l'autre. Je le sais. Pas elle. Elle ne sait pas qu'elle m'aime. Pas encore.

Aujourd'hui, j'ai parlé à Terminator. Oui, quand j'ai des problèmes importants à résoudre, je sais qu'il est inutile de se confier aux adultes. De deux choses l'une : ou ils ne t'écoutent pas, ou ils te disent *n'y pense pas, ça passera.* Mais si je leur en parle, c'est justement parce que ça ne passe pas ! Ou alors ils s'en sortent avec le magique *un jour : un jour tu comprendras, un jour quand tu auras des enfants tu comprendras, un jour tu auras un métier et tu comprendras.*

Je n'espère qu'une seule chose : que ce jour n'arrive jamais, parce que tout me tombera dessus en même temps, bac, enfants, travail… et il me semble absurde que tous ces trucs me foudroient pour que je puisse comprendre. Et si on commençait dès maintenant, petit à petit, sans attendre ce maudit jour ? Aujourd'hui. Aujourd'hui je veux comprendre, pas *un jour.* Aujourd'hui. Maintenant. Mais non : ce jour-là m'emportera et il sera trop tard, parce que moi, qui voulais y penser à temps, je n'ai trouvé personne qui daigne me répondre. Je n'ai trouvé que des prédictions semblables à des prophéties de mort et de destruction…

Et les profs ! Quand tu essaies de leur parler sérieusement, ils te répondent *pas maintenant*, ce qui signifie « jamais ». Les profs t'expliquent les choses tout de suite, quand elles craignent : notes, interros, remarques, devoirs… Ils n'évoquent jamais les belles sinon – prétendent-ils – *tu risques de te reposer sur tes lauriers*, qui ne doivent pas être si confortables que ça. Il n'y a rien d'autre à attendre d'eux.

Mon père et ma mère ? Impossible. La seule idée me fout la honte. On dirait qu'ils n'ont jamais eu mon âge. Et puis mon père rentre toujours crevé du boulot et il veut voir le foot. Ma mère ? La honte. À seize ans, on ne peut pas parler à sa maman ! Les profs exclus, mes parents éliminés, Niko qui ne m'adresse plus la parole depuis le match contre le Fantacalcio, il ne reste que Terminator. Au moins, il m'écoute en silence, surtout si je lui donne des biscuits saveur chat frit.

« Tu vois, Terminator, depuis que le Rêveur a parlé du rêve, je n'arrête pas d'y penser. C'est un peu comme une démangeaison, mais en plus profond. Toi, qu'est-ce que tu voulais faire plus tard ? Tu ne peux qu'avoir une vie de chien, manger comme un chien, dormir comme un chien, pisser comme un chien et mourir comme un chien. Pas moi. J'aime avoir de grands souhaits. Un grand rêve. Je ne sais pas encore lequel, mais j'aime rêver que j'ai un rêve. Sans rien faire d'autre. Passer en revue mes rêves et déterminer ceux qui me plaisent. Je me demande si je laisserai une trace. Seuls les rêves laissent une trace. »

Terminator tire, il n'arrive pas à se concentrer, lui non plus. Je ne sais pas ce qu'il veut. On continue notre marche.

« Ne m'interromps pas ! J'aime avoir des rêves. J'aime ça. Mais comment trouver mon rêve, Terminator ? Toi, tu l'as trouvé déjà tout fait. Je ne suis tout de même pas un chien. Un film et un grand-père avec ses contes ont suffi au Rêveur. Je devrais peut-être aller plus souvent au cinéma, puisque je n'ai pas de grand-père et que grand-mère est trop sourde pour entendre. Et puis son odeur de vieux me dégoûte, elle me fait éternuer. Ou alors je devrais peut-être lire davantage. D'après le Rêveur, nos rêves sont cachés dans les trucs qu'on aime : un endroit, une page, un film, un tableau… les rêves, ce sont les grands créateurs de la beauté qui nous les prêtent.

« C'est ce que dit le Rêveur. Je ne vois pas trop ce que ça signifie. Mais je sais que ça me plaît. Il faut que j'essaie. Il faut que je demande des conseils. Sans trop y croire, parce que moi, j'ai les pieds sur terre. Une vie sans rêve, c'est un jardin sans fleurs. Mais une vie de rêves impossibles, c'est un jardin de fleurs artificielles… qu'est-ce que tu en penses, Terminator ? »

Pour toute réponse, Terminator se plante devant un poteau et pisse. Sa pisse est proportionnelle à la longueur de mes discours.

« Merci, Terminator. On peut dire que toi, tu me comprends… »

Beatrice doit être malade. Il y a une épidémie de grippe. Manque de bol, je ne l'attrape jamais... Je ne l'ai pas vue depuis deux jours. Sans le reflet roux de ses cheveux, les journées me paraissent vides. Elles sont blanches comme les jours sans soleil.

Je rentre chez moi avec Silvia. Je la prends sur mon Bat-scooter et elle me supplie de ralentir. Les femmes. On parle longtemps. Je lui demande si elle a un rêve, comme dit le Rêveur. Je lui raconte que Niko en a un bien précis. Il suivra la trace de son père. Son père est dentiste. Niko a un tas de fric. Il deviendra orthodontiste et travaillera dans le cabinet de son père. Il prétend que c'est son rêve. D'après moi, ça ne compte pas. Parce qu'il est connu d'avance. Si j'ai bien compris, le rêve doit posséder une part de mystère : quelque chose à découvrir. Et Niko sait déjà tout.

Moi, je n'ai pas encore de rêve précis, mais c'est ça qui est bien. Il est tellement mystérieux que sa seule pensée me bouleverse. Silvia aussi en a un. Elle veut être peintre. Silvia peint très bien, c'est son hobby préféré. Un jour, elle m'a offert un tableau. Elle fait des copies de tableaux célèbres. Celui-là représente une femme qui s'abrite du soleil sous une ombrelle blanche. C'est une peinture particulière : les couleurs, les vêtements et le visage sont si légers qu'ils se confondent avec la lumière qui les éclaire. On dirait que cette femme est faite de la lumière dont elle se protège. C'est le seul exemple de blanc qui ne m'effraie pas. Avec ce tableau, Silvia a arnaqué le blanc. Ça me plaît. Après avoir évité une quinzaine d'accidents mortels à cause de mes freins déglingués, on arrive en bas de chez elle.

« Mes parents ne veulent pas. Ils disent que ça ne peut être qu'un hobby, certainement pas mon avenir, *c'est un chemin difficile, rares sont ceux qui ont du succès, si on ne perce pas, on risque de crever de faim.* »

Décidément, les adultes n'existent que pour nous rappeler des peurs que nous n'éprouvons pas. Ce sont eux qui ont peur. Moi, je suis content que Silvia ait ce rêve. Chaque fois qu'elle en parle, ses yeux étincellent comme ceux du Rêveur quand il explique. Comme ceux d'Alexandre le Grand, de Michel-Ange, de Dante, autrefois... Des yeux rouge sang, pleins de vie... D'après moi, c'est un bon rêve. Je lui demande de regarder mes yeux et de me dire s'ils brillent : je découvrirai peut-être quel est mon rêve en lui parlant. Il est possible, en effet, que je sois trop distrait pour m'en rendre compte. Elle accepte.

« Quand je verrai ton rêve briller dans tes yeux je te le dirai. »

Je lui demande de peindre un autre tableau pour moi. Elle accepte. Ses yeux scintillent, son regard me réchauffe presque la peau. Ses yeux brillent d'un éclair bleu. C'est son rêve. Moi, je n'en ai pas encore, mais je sens que je vais bientôt le trouver.

J'accélère dans le bleu de l'horizon, et j'ai presque l'impression de voler, sans freins ni rêves…

Beatrice est toujours absente.

L'après-midi, elle n'est même pas à l'arrêt devant le bahut.

Mes journées sont vides.

Elles sont aussi blanches que celles de Dante quand il a cessé de voir Béatrice.

Je n'ai rien à dire : sans amour, les mots n'existent pas.

Les pages sont blanches, la vie n'a plus d'encre.

J'ai enfin parlé au Rêveur.

« Comment on fait pour avoir un rêve ? Ne vous moquez pas de moi, monsieur.

— Cherche-le.

— Comment ?

— Pose les bonnes questions.

— Qu'est-ce que ça veut dire ?

— Lis, regarde, intéresse-toi aux choses… avec élan, passion, travail. Interroge tout ce qui te frappe ou te passionne, cherches-en la raison. C'est là que se trouve la réponse. Ce qui compte, ce ne sont pas nos humeurs mais nos amours. »

Voilà ce que m'a dit le Rêveur. Je me demande comment certaines phrases lui viennent à l'esprit. Il faut que je détermine ce à quoi je tiens. Mais il n'y a qu'une seule façon de le découvrir : y consacrer du temps et des efforts. Ça, ça ne me convainc pas…

J'essaie de suivre la méthode du Rêveur : il faut que je parte de ce que je sais. Je tiens à la musique. Je tiens à Niko. Je tiens à Beatrice, je tiens à Silvia, je tiens à mon scooter, je tiens à mon rêve inconnu. Je tiens à mes parents quand ils ne m'emmerdent pas. C'est peut-être tout… Ce n'est pas assez. Il faut que je m'efforce de découvrir tout ce à quoi je tiens et que je pose les bonnes questions.

Je me suis demandé pourquoi je tiens à Silvia. Je me suis dit que je l'aime bien : je veux qu'elle réalise son rêve, et quand je suis avec elle je me sens en paix, comme quand ma mère me prenait par la main dans la foule du supermarché. Pourquoi je tiens à Niko ? Je suis bien avec lui. Je n'ai rien à expliquer. Je n'ai pas l'impression d'être jugé. À propos, il faut que je réagisse : ce silence ne peut pas durer, un autre match nous attend, et si on n'est pas bons, tous les deux, les Pirates vont couler…

Ensuite j'ai interrogé la musique : elle m'a répondu qu'elle me rend libre. J'ai questionné mon scooter sans freins, qui m'a fait la même réponse. J'ai réuni quelques pièces du puzzle : je tiens à l'affection des gens, je tiens à la liberté. Mon rêve possède ces ingrédients. J'en ai découvert certains. Mais ils sont encore trop peu nombreux.

Pourquoi je tiens à Beatrice ? Cette question est plus compliquée. Je n'ai pas encore trouvé de réponse. Il y a quelque chose de mystérieux chez elle. Un truc en plus que je n'arrive pas à saisir. Un mystère rouge comme le mystère du soleil qui se lève et rend la nuit plus sombre juste avant l'aube. C'est elle, mon rêve, voilà pourquoi je ne peux pas l'expliquer. De quoi perdre le sommeil. Je regarde un film d'horreur. De quoi perdre le sommeil. Nuit blanche au carré.

C'était le seul devoir de grec qui m'amusait il y a quelques années. Ça consistait à prendre quelques mots dans une version, à écrire sur son cahier leur signification et à trouver des composés. Une sorte d'aide-mémoire. J'ai appris correctement deux mots.

Leukos : blanc.

Aima : sang.

En les réunissant, on obtient un terme horrible : *leucémie*. Le nom du cancer du sang. Un nom qui dérive du grec (tous les noms de maladie viennent du grec…) et qui signifie « sang blanc ».

Je savais que le blanc était une arnaque. Comment le sang peut être blanc ?

Le sang est rouge, point barre.

Les larmes sont salées, point barre.

Silvia m'a annoncé en larmes :

« Beatrice a une leucémie. »

Et ses larmes sont devenues les miennes.

Voilà pourquoi elle était absente. Voilà pourquoi elle avait disparu. Comme le mari d'Argentieri. Pire : un cancer du sang. Leucémie. C'est peut-être curable. Sans Beatrice, je suis fini, mon sang aussi devient blanc.

Le truc des rêves est une arnaque colossale. Je le savais. Je l'ai toujours su. Parce que la souffrance arrive ensuite, et plus rien n'a de sens. Parce qu'on construit, construit, construit, et soudain quelqu'un ou quelque chose vient tout balayer. À quoi ça sert, alors ? Dans mon rêve, il y avait Beatrice, elle en était la partie la plus mystérieuse. La clef ouvrant la porte. Et voilà que ce truc lui tombe dessus, bien décidé à me l'enlever. Si elle disparaît, le rêve disparaîtra avec elle. La nuit se retrouvera dans l'obscurité la plus sombre, car le jour ne se lèvera plus.

Bordel, pourquoi ce genre de maladie existe ? Rêveur, tu es un menteur de la pire espèce, un menteur qui croit aux mensonges qu'il débite ! Demain, je crèverai les pneus de ton vélo de minable. Pour l'instant, j'ai faim. SMS : « Niko, il faut que je te voie. »

Le McDo, l'après-midi : le truc le plus triste de toute la galaxie. Odeur de McDo et minables du premier cycle. Je n'ai pas parlé de Beatrice à Niko. Beatrice a toujours été mon secret. Une île des Caraïbes baignée d'une mer transparente où me réfugier seul. Avec Niko, on parle des minettes, des gonzesses… Beatrice n'est pas une gonzesse, et même si c'est un canon, elle n'appartient pas à cette catégorie. Elle n'appartient pas à la catégorie « radiographie », celle des filles dont on contemple les mesures et les parties gagnantes… Non, il ne faut pas toucher à Beatrice, pas même avec les mots. Aujourd'hui non plus, je ne parlerai pas d'elle. Je garderai ma rage et mon chagrin pour moi. Niko arrive et s'assied, agacé.

« Qu'est-ce qu'il y a ?

— Arrêtons de faire les crétins. Les Pirates ne se disputent pas comme des gamines… »

Niko n'attendait que ça. Il sourit. On dirait que ses yeux fondent. Il me pousse.

« On est vraiment cons…

— Parle pour toi. »

On rit. Puis on discute en buvant deux Cocas géants et, pour Niko, en rotant. On papote. On reprend notre conversation exactement là où on l'avait interrompue. Seuls les vrais copains en sont capables.

« Il faut qu'on fasse un peu de musique. Ça fait longtemps qu'on s'est pas défoulés.

— Ouais. Et puis il y a le prochain match à préparer.

— Contre qui ?

— Les X-Men.

— Une promenade de santé…

— Niko… »

Il me regarde droit dans les yeux.

« T'as peur de la mort ?

— Pourquoi tu me parles de ça devant un Coca au McDo ? Quel est le rapport ? T'es devenu complètement débile, Leo. À mon avis, c'est à cause de tes cheveux. Tu devrais les couper : ils empêchent l'air d'arriver à ton cerveau… »

J'éclate de rire, mais en réalité je suis glacé.

« Qu'est-ce que je t'ai dit mille fois ? »

J'imite sa voix métallique :

« Il faut pas que tu penses au blanc !

— Bon, allons draguer dans le centre…

— Non. Je dois rentrer chez moi… pour bosser. »

Niko rit.

Je fais semblant.

« À demain.

— À demain. On va les piler ! »

Il n'est pas facile d'être faible.

J'ai appris par Silvia que Beatrice est à l'hôpital. Seule Silvia a le droit de me dire certains trucs. Beatrice a besoin de sang. Transfusions du même groupe sanguin. Il faut se battre contre le sang blanc avec du sang pur, rouge. Ce combat peut la sauver. Je ne sais pas quel est son groupe sanguin, mais je sais que j'ai un tas de sang rouge : je suis prêt à le lui donner jusqu'à la dernière goutte pour que le sien se transforme en rouge, ou en roux comme ses cheveux. Des cheveux rouge sang.

Je file sur mon Bat-scooter sans rien dire à personne. Désormais tout est blanc : la rue, le ciel, les visages, la façade de l'hôpital. Je plonge dans une odeur de désinfectant qui me rappelle le cabinet du dentiste. Je cherche sa chambre. Je ne demande pas le chemin, car j'ai une boussole dans le cœur qui indique toujours son nord : Beatrice. Et je la trouve à la troisième tentative. Je la regarde de loin : on dirait une princesse endormie. Près d'elle se tient une femme rousse, sans doute sa mère. Elle a les yeux fermés, elle aussi. Je n'ai pas le courage de m'approcher. J'ai peur. J'ignore ce qu'il faut dire dans ce genre de circonstances. Silvia le saurait, mais je ne peux pas toujours l'appeler…

Puis je me souviens du rêve. Beatrice est mon rêve. Je vais à l'accueil et déclare que je suis venu donner mon sang rouge pour remplacer le sang blanc de Beatrice. L'infirmière de service me lance, hébétée :

« Écoute, ici on n'a pas de temps à perdre. »

Je la regarde de travers. « Moi non plus. »

Elle comprend que je ne plaisante pas.

« Quel âge as-tu ? » demande-t-elle, l'air dégoûté.

L'air dégoûté, je réponds : « Seize ans. »

Elle me dit que l'autorisation des parents est nécessaire pour les mineurs. La bonne blague ! Il faut demander une autorisation pour donner son sang à un malade. Il faut demander l'autorisation pour bâtir un rêve, ou le sauver. Quel monde de merde ! On te pousse à rêver puis on t'en empêche quand tu as commencé : les gens sont tous envieux. Alors on te sort qu'il faut demander la permission ou être majeur. Je suis rentré chez moi. J'avais l'impression de flotter sur une mer blanche, sans port, sans lieux d'abordage. Je ne suis arrivé à rien. Je n'ai pas parlé à Beatrice, je ne lui ai pas donné mon sang. Je téléphone à Silvia car je risque de sombrer.

« Ça va, Silvia ?

— Bof, et toi ?

— Mal. On ne m'a pas permis de donner mon sang à Beatrice !

— Pourquoi ?

— Quand on est mineur, il faut une autorisation.

— Ça me paraît normal. Ça peut être dangereux…

— Quand on aime, tout est possible ! On n'a pas besoin d'autorisations !

— Oui…

— Qu'est-ce qu'il y a ? Tu as l'air bizarre aujourd'hui… »

Elle répète machinalement mon avant-dernière phrase, comme si elle n'écoutait pas :

« Quand on aime, tout est possible… »

Je n'arrive pas à me concentrer. Mon rêve s'effrite comme un château de sable quand la marée monte. Mon rêve est blanc, car Beatrice a un cancer. D'après le Rêveur, il faut poser les bonnes questions pour découvrir son rêve. Essayons donc avec cette putain de leucémie ! Qu'est-ce que tu viens foutre entre ma vie et celle de Beatrice ? Pourquoi empoisonner le sang d'une vie si pleine qui commence tout juste ? Il n'y a pas de réponse à cette question. C'est comme ça, point barre. Et si c'est comme ça, il est inutile de rêver. Ou du moins, il vaut mieux ne pas rêver, sinon c'est encore plus dur. Il vaut mieux avoir des rêves à la Niko, des rêves sûrs, des rêves qu'on s'achète. Je vais m'acheter des chaussures, des Dreams, au moins j'aurai mon rêve aux pieds et je le piétinerai.

« T'es où, bordel ? »

La voix de Niko jaillit de mon portable et me fait sursauter. Il me faut une nanoseconde pour m'apercevoir qu'il est 17 heures et que le match contre les X-Men débute dans trente minutes.

« J'ai dû ranger ma chambre pour que ma mère m'autorise à sortir… »

Niko n'y croit pas un instant.

« Bouge ton cul, il faut qu'on reprenne la première place de la poule… »

Il raccroche.

Pour la première fois de ma vie, j'ai oublié un match.

Je ne sais pas ce qui m'arrive. Je dois être malade. Je prends ma température. Je vais bien.

Je me joins au chœur des Pirates avant chaque match :

« Dans le cul de la baleine ! »

Les X-Men sont humiliés, 7-1. Je marque trois buts.

Mais quelque chose m'empêche de savourer ce triomphe.

Je vois la baleine blanche. Elle est énorme. J'ai peur qu'elle me dévore vraiment.

Le Rêveur nous a fait un de ces cours hors programme dont il a le secret. Ce sont les meilleurs !

Il commence toujours par lire le passage d'un bouquin qui l'a ému, qu'il étudie ou qu'il approfondit par passion. Il le lit, les yeux brillants, comme s'il ne pouvait pas s'empêcher de faire partager sa joie au premier venu. Je suis dans le même état quand je répète « Beatrice » à voix haute sans m'en rendre compte ou quand j'ai envie de crier à tout le monde qu'une interro s'est bien passée, ce qui est plutôt rare…

Cette fois il nous a lu une nouvelle des *Très riches heures de l'humanité* qui parle de trois sièges et de trois mises à sac.

« Rome, Alexandrie et Byzance. Trois villes regorgeant de trésors, de beauté, d'art. Trois villes aux immenses bibliothèques renfermant les secrets de siècles et de siècles de littérature et de recherches. Des bâtiments pleins de rouleaux et de parchemins contenant les rêves de tous les hommes, qui pouvaient servir à alimenter les rêves d'autres hommes à l'avenir. Mais ces rêves sont partis en fumée sous les coups des Barbares, des Arabes, des Turcs. Les envahisseurs effaçaient par un incendie des étages et des étages d'ouvrages dans lesquels résidaient les secrets de la vie. Ils brûlaient l'esprit et ses ailes. Ils l'empêchaient de voler ainsi qu'il l'avait fait pendant des siècles en se libérant des prisons de l'histoire. Le papier de ces livres se consumait comme dans le merveilleux roman de Bradbury que vous devriez lire… »

C'est plutôt étrange, mais ça sonne bien, même si je n'ai jamais entendu parler de ce Bradbury.

Pour conclure, le Rêveur nous demande « pourquoi ? ». Personne ne sait répondre. Il nous dit d'y réfléchir et de rédiger à la maison un devoir sur ce sujet. Le Rêveur est fou. Il nous croit capables de formuler des pensées de ce genre. Nous avons à résoudre des problèmes beaucoup plus simples et plus concrets. Des problèmes immédiats et utiles : comment copier la version latine, comment sortir avec ce canon, comment obtenir de l'argent pour recharger son portable après avoir tout dépensé en SMS de cinq à six mots… ces trucs-là. On n'est pas habitués à répondre aux questions que nous pose le Rêveur. On n'a pas la tête prête à ça. On ne sait même pas d'où il sort ses réponses.

Car ce ne sont pas le genre de réponses qu'on trouve sur Google en tapant : Rome, Alexandrie, Byzance, incendie, rêves, causes, livres… On n'en tire rien. Il n'y a pas de texte sur Internet qui réunisse des mots aussi différents. Il faut chercher le lien je ne sais où. Voilà pourquoi c'est aussi difficile.

Je ne sais pas si je rédigerai ce devoir. C'est vraiment difficile, mais aussi mystérieux : pour la première fois, il est impossible de copier la réponse quelque part. Il faut l'inventer. Et il y a peut-être un enjeu supérieur. J'essaierai. Je déteste le Rêveur, car il m'arnaque toujours, il éveille ma curiosité.

L'ignorance est le truc le plus confortable que je connaisse après le canapé du salon, chez moi.

J'ai dit à ma mère que j'aimerais donner mon sang à Beatrice. Elle ne comprend pas, elle y voit un truc de vampires, une de ces histoires à la mode. Je lui explique. Elle me répond qu'on va y réfléchir : c'est une jolie idée, mais d'autres que moi y ont sûrement déjà pensé. J'insiste.

Tu n'as qu'à en parler à ton père.

Phrase magique qui consiste à se renvoyer la balle depuis le début des temps. D'accord. J'appelle Niko et je vais chez lui. Il faudrait que je rédige le devoir du Rêveur, mais rien ne me vient à l'esprit, la musique m'aidera peut-être. Parfois, on trouve des réponses dans la musique sans les chercher, ou presque. Et en admettant qu'on ne les trouve pas, on trouve au moins les mêmes sentiments que les siens. D'autres les ont éprouvés. On n'est plus seul au monde. Tristesse, solitude, rage. Presque toutes les chansons que j'aime en parlent. En les interprétant, on a l'impression d'affronter ces monstres, surtout quand on n'arrive pas à mettre un nom dessus.

Mais une fois la musique terminée, les monstres restent là. S'ils sont plus faciles à reconnaître, rien ne les a balayés. Peut-être qu'une cuite les ferait disparaître. D'après Niko, ça marche. Beatrice est toujours malade, et je veux lui donner mon sang avant de me soûler : l'alcool pourrait lui faire du mal, puisqu'elle est pure. J'en parlerai à papa.

Tout de suite.

Mon père n'est pas rentré pour le dîner. À son arrivée, il était si tard que je n'ai pas eu le courage de lui parler. Ce n'était pas le bon moment. Il m'aurait foudroyé et je ne voulais pas griller ma seule chance. Je suis encore debout, j'essaie de rédiger le devoir du Rêveur. Je me fiche pas mal des boulots difficiles. Quand je sèche, je vais me coucher tranquillement et je copie le lendemain. Mais cette fois-ci, l'enjeu est supérieur, et cela m'oblige à accepter le défi. Comme si, en jetant l'éponge, je risquais de trahir le Rêveur ou moi-même.

Je suis devant l'écran de mon ordinateur. J'écris les questions du titre : « Pourquoi Rome, Alexandrie et Byzance ont-elles été brûlées par leurs conquérants ? De quels sentiments étaient animés les Barbares, les Arabes, les Turcs ? En quoi étaient-ils semblables tout en étant si différents ? » Blanc. Je n'ai aucune idée. Blanc comme ce maudit écran. Blanc comme le sang de Beatrice. Je téléphone à Silvia. Elle ne répond pas. Silvia laisse toujours son portable allumé parce qu'elle tient à ce que je puisse l'appeler à n'importe quel moment, en cas de besoin. Silvia est mon ange gardien. La seule différence entre nous, c'est qu'elle dort la nuit et qu'elle n'entend pas le portable vibrer. Il faut que je me débrouille tout seul.

Il est tard. Dehors la nuit est noire, et mon esprit est blanc. J'essaie de me transformer en un de ces pilleurs et je me demande ce que je veux obtenir en incendiant les bouquins que ces villes contiennent. J'erre dans les rues poussiéreuses de Rome, d'Alexandrie et de Byzance (ville qui est devenue Constantinople, puis Istanbul, comme je l'ai découvert), je mets le feu à des milliers de livres au milieu des hurlements. Je me débarrasse de tous ces rêves de papier et les change en cendres. En fumée blanche.

Voici la réponse : réduire les rêves en cendres. Le secret, pour abattre définitivement ses ennemis, consiste à brûler les rêves : ainsi ils n'auront plus la force de se relever et de recommencer. Qu'ils ne rêvent plus aux belles choses de leurs villes, des vies d'autrui, qu'ils ne rêvent plus aux récits des autres, pleins de liberté et d'amour. Qu'ils ne rêvent plus à rien. En empêchant les gens de rêver, on fait d'eux des esclaves. Moi, pilleur de villes, j'ai besoin d'esclaves pour régner tranquillement. Qu'il ne reste plus de mots. Mais la cendre blanche de rêves antiques. Il n'y a pas de destruction plus cruelle que de voler les rêves des gens. Camps de concentration remplis d'hommes brûlés avec leurs rêves. Nazis voleurs de rêves. Quand tu n'as pas de rêves, tu les voles aux autres pour les empêcher d'en avoir. La jalousie te crame le cœur et ce feu détruit tout…

Quand j'ai terminé, il fait aussi noir qu'avant. J'ai volé au noir de la nuit les signes qui remplissent à présent mon écran blanc. J'ai découvert quelque chose en travaillant, en écrivant. C'est la première fois, mais je ne veux pas en prendre l'habitude… Naturellement, je n'ai plus d'encre noire dans mon imprimante. Il ne me reste plus qu'à imprimer mon devoir en couleur.

En rouge.

Le Rêveur se promène entre les bancs. Apparemment, tout le monde a bossé. Ceux qui en ont envie lisent leur copie à voix haute. On a l'impression de plonger dans la poussière et le feu d'il y a plusieurs siècles, pourtant on est en classe. Les élèves ont tous écrit un texte dont ils sont fiers, du moins ceux qui ont le courage de le lire. Naturellement, je n'en fais pas partie : pour moi, lire tout haut équivaut à chanter. La sonnette retentit. On tend nos feuilles au Rêveur. Il n'en veut pas. Incroyable ! Il préfère qu'on conserve la réponse qu'on a trouvée.

Le Rêveur est vraiment taré. Il donne des devoirs et ne met pas de notes. C'est quoi, un prof qui ne met pas de notes ? Mais il a réussi : tout le monde a bûché. Moi aussi, dans le cœur noir de la nuit. Par conséquent, une note n'est peut-être pas nécessaire pour obliger quelqu'un à travailler. Le Rêveur reste assis pendant que la classe se vide. Il sourit et ses yeux brillent. Il a confiance en nous. Il nous croit capables de réaliser de belles choses. Si ça se trouve, ce n'est pas un raté.

Je ne permettrai pas aux pilleurs de brûler mes rêves, de les réduire en cendres. Je n'y autoriserai personne. Je risquerais de ne plus me relever. Mais Beatrice a besoin de moi, pas d'un tas de gravats gémissant. Je ne veux pas oublier ce que j'ai découvert. Je ne veux pas. C'est trop important. Mais j'ai une mauvaise mémoire. Il faut que j'écrive tout, sinon j'oublie. La seule façon de ne pas oublier, c'est peut-être de devenir écrivain.

J'en parlerai à Silvia : elle ne se moquerait jamais de moi, contrairement aux autres. Comme si elle avait entendu mes pensées, elle s'approche, me serre le bras et pose la tête sur mon épaule.

« Qu'est-ce que tu voulais hier ? Je me suis aperçue ce matin que tu avais appelé.

— J'avais besoin d'un coup de main pour le devoir. »

Silvia me lance un regard triste.

« Bien sûr. C'est évident. »

Elle s'écarte.

Je la regarde s'éloigner avec la sensation de ne pas avoir compris, cette sensation même que j'éprouve quand papa me dit un truc tout en voulant en dire un autre. À propos, il faut que je lui parle avant que ça me sorte de la tête…

Il y a un truc qui me rend dingue : les « duels » avec Niko. Les duels sont des épreuves dangereuses, qui te remplissent d'adrénaline et te font galoper le sang. Un de mes duels préférés : les coups de frein. On file à toute allure en scooter et on freine au dernier moment : celui qui s'approche le plus de la bagnole qui le précède sans la heurter gagne. C'est comme ça que j'ai flingué les freins de mon Bat-scooter. Dans ce duel-là, Niko ne peut rien contre moi, car il finit par se pisser dessus. Moi, je laisse mon instinct de survie parler, et je freine juste après. Il suffit d'une seconde, mais ça change tout. Le secret pour gagner : attendre une seconde pour faire ce qu'il faudrait.

En voyant la Porsche Carrera noire au feu rouge, on s'est regardé et on a accéléré comme des malades. Côte à côte. L'air est le seul à essayer de nous freiner, sans succès. L'asphalte bruisse sous nos roues qui mordent le bitume émietté. Le cul de la Porsche se rapproche de plus en plus.

Un regard à Niko, le dernier avant la phase finale. Impossible de perdre. Plus que dix mètres. Niko freine. J'attends un instant, le temps de dire « un ». Si tu ne freines pas, tu meurs. Je ne freine pas : une seconde qui paraît un siècle. Le sang bourdonne dans mes oreilles. Ma roue avant dépose un baiser sur le pare-choc de la Porsche, comme une mère sur le front de son nouveau-né. Je me tourne vers Niko, les cheveux ébouriffés, la vue brouillée par une décharge d'adrénaline. Je souris comme dans les westerns. Niko me doit une énième glace. Il n'y a pas de duel sans glace.

« Comment tu fais ? Mes doigts appuient tout seuls sur les freins. C'est plus fort que moi. »

Je mange ma glace à la fraise et à la crème.

« La peur est blanche. Le courage est rouge. Quand tu vois le blanc, concentre-toi sur le rouge et compte jusqu'à un… »

Niko me dévisage comme on dévisage les malades mentaux qui essaient de tenir des discours sensés.

« Demain, on a le match. Il faut qu'on reprenne la première place. Il suffit de gagner et d'espérer que l'équipe du Vandale fera match nul.

— Le Vandale… il va me le payer… »

Niko me balance sa main sur l'épaule, et je plonge le nez dans la glace.

« Je te préfère comme ça. »

Il s'enfuit pendant que je le poursuis, clown au visage blanc et au nez rouge.

J'entre avec mon père dans l'hôpital où séjourne Beatrice. On contrôle mon groupe sanguin. C'est le même que le sien. J'en étais sûr, on a le même sang, on vit du même sang. Ces trucs-là se sentent. Ma vie est liée à celle de Beatrice, dans le sang. On me demande si je consomme des drogues. Je réponds non. Je réponds non parce que mon père est présent, sinon il me réduirait en cendres et proclamerait sa menace préférée : « Je ferai de toi la poussière de ton ombre. » Il faut le dire, c'est pas mal.

Mais en tête à tête avec l'infirmière, j'avoue que j'ai fumé un pétard il y a un mois. Juste un, pour essayer. On était plusieurs. Je n'ai pas eu le courage de passer pour un trouillard. Et puis c'était juste pour essayer. L'infirmière me rassure. Un pétard, ça ne compte pas. En revanche, si j'étais un consommateur régulier, je ne pourrais pas donner mon sang. Mon sang ne servirait à rien.

Le chapitre pétards est clos. Mon sang doit être parfait, pur, immaculé, pour le cas où Beatrice en aurait de nouveau besoin. Rouge, comme l'amour que j'éprouve pour elle.

On m'en prend une bonne quantité. Il est plus sombre que je ne le pensais. D'un rouge violacé. À sa vue, j'ai un vertige, j'ai peur de m'évanouir, mais je résiste. Le sang, comme l'amour, te fait perdre la tête, mais il te donne aussi la force de surmonter tes limites… J'ai l'impression d'avoir donné ma vie pour Beatrice, je suis presque mort et aussi pâle qu'un vampire à l'envers : au lieu de sucer le sang, je l'ai donné pour vivre.

Papa me conduit dans un bar.

« Tu es aussi pâle que la mousse de ton cappuccino. Je vais te chercher un autre croissant. Comment le veux-tu ?

— Quelle question… au chocolat. »

Papa va au comptoir et choisit un croissant qui dégouline de Nutella. Il se rassoit devant moi et sourit, ce dont il n'est capable que le matin. Le soir, il est trop fatigué.

« Ça te fait mal ? demande-t-il en indiquant mon bras.

— Ça brûle un peu, mais ça va.

— Parle-moi de cette fille. Comment s'appelle-t-elle ? Angelica ? »

J'ai toujours dit qu'une bonne mémoire n'est pas la caractéristique principale de ma famille.

« Beatrice. Elle s'appelle Beatrice, comme celle de Dante.

— C'est quelqu'un de particulier pour toi ? »

Je ne veux pas en parler. Je dévie la conversation :

« Toi, t'as quelqu'un de particulier ?

— Oui. Maman.

— Quand est-ce que tu l'as compris ?

— La première fois que je l'ai vue, pendant une croisière que mes parents m'avaient offerte pour me récompenser d'avoir eu mon bac. Elle avait une façon de bouger, de pencher la tête en souriant, d'écarter ses cheveux longs… »

Mon père semble rêver, perdu dans un passé qui défile devant lui comme le début d'un film romantique, un de ces films que je ne supporte pas.

« Et puis ?

— Et puis je me suis approché et je lui ai dit : “Vous ici, à bord de ce bateau, mademoiselle ?” Arrivé au point d'interrogation, je me suis rendu compte que cette phrase n'avait aucun sens, ou plutôt qu'elle était ridicule, étant donné que je la voyais pour la première fois.

— Et elle ?

— Elle a souri et répondu en jetant un regard circulaire comme si elle cherchait quelqu'un : “À ce qu'il paraît…” Ensuite elle a éclaté de rire.

— Et puis comment ça s'est passé ?

— On a parlé, on a parlé pendant des heures…

— À ton époque, on se contentait de parler…

— Hé, jeune homme, ne manque pas de respect à ton père !

— De quoi avez-vous parlé ?

— Des étoiles.

— Des étoiles ? Et elle t'a écouté ?

— Oui, j'étais un passionné d'étoiles. J'avais acheté mon premier télescope en troisième et je savais reconnaître les constellations. Je lui ai donc raconté les histoires des étoiles qui, du pont du bateau, par cette nuit fraîche et limpide, se voyaient à l'œil nu. Contrairement aux autres filles, elle écoutait et posait des questions. »

Il s'interrompt comme si on était arrivé à l'entracte. Je le réveille.

« Et puis ? »

Il respire profondément et répond d'une traite en se frottant la joue et en profitant de ce geste pour se cacher un peu le visage derrière les mains.

« Et puis je lui ai offert une étoile.

— Quoi ?

— Oui, je lui ai offert une étoile, la plus lumineuse : Sirius, la seule étoile visible de n'importe quel lieu habité de la Terre, capable de projeter les ombres des corps par une nuit sans Lune. Nous nous sommes promis que nous la regarderions tous les soirs, où que nous soyons, et que nous penserions l'un à l'autre. »

J'éclate de rire. Mon père qui offre Sirius à ma mère… je lui donne une tape sur l'épaule.

« Romantique… Et elle ?

— Elle a souri.

— Et toi ?

— Moi, j'aurais donné n'importe quoi pour qu'elle soit vraiment présente dans ma vie. Pas seulement à bord d'un bateau de croisière. »

Mon père se tait. Il ne semble pas disposé à poursuivre. J'ai l'impression qu'il est sur le point de rougir. Pour prendre une contenance, il se nettoie la bouche. Puis il me dit :

« Je suis fier de toi, Leo. De ce que tu as fait. »

Mes oreilles se débouchent, comme si j'avais été sourd jusqu'à cet instant précis.

« Aujourd'hui tu as agi en homme, parce que tu as fait une chose que personne ne t'a soufflée ou n'a décidée pour toi. C'est toi qui l'as choisie. »

Je garde le silence un moment. Puis, profitant de la situation :

« Alors, je peux choisir un autre croissant ? »

Mon père secoue la tête en signe de résignation et de complicité. Il sourit.

« Tu es ton père tout craché... »

Cela fait un siècle que je n'avais pas passé autant de temps avec mon père. « Je suis fier de toi » est la devise de la journée. Pour le reste, repos. Il faut que je récupère mes forces. Je suis fatigué, mais heureux.

Je n'ai pas revu Beatrice. Elle n'est plus hospitalisée, elle est rentrée chez elle. Elle a terminé le premier cycle de chimiothérapie. Des sortes d'antibiotiques contre le cancer. Je suis certain que ça lui fera du bien. Beatrice est forte : trop jeune et trop belle pour céder. J'aimerais lui rendre visite, mais Silvia prétend qu'elle ne veut voir personne. Elle est épuisée, elle n'a pas envie de parler. Pourtant j'aimerais la voir. De toute façon, elle aura mon sang, et ce sera une manière de lui tenir compagnie de plus près. De l'intérieur. Unis. J'espère que mon sang lui fera du bien.

Je me sens heureux et fatigué. C'est l'amour.

« Qu'est-ce que tu as ? Tu veux courir ? Tu te plantes sur toute la ligne… »

Je suis épuisé. Je n'aurais pas dû jouer au foot après la prise de sang. L'infirmière m'avait conseillé de rester bien tranquillement chez moi. Je n'ai pas dit que j'avais un match, je ne pouvais pas y couper. Et maintenant, je suis à bout de souffle, on est à égalité, 2-2, avec des merdeux de troisième qui jouent leur match du siècle. J'ai raté un nombre de buts incroyable, pire que Iaquinta dans un de ses mauvais jours.

« Tu es blanc comme la mort… »

La mort, c'est une fille de troisième Super-Emo. Une tache noire sur une peau blanche, presque transparente. J'ai la nausée et la tête qui tourne. Je suis obligé de m'arrêter au bord du terrain.

La tête entre les mains, je m'accroupis en espérant qu'un peu de sang me viendra au cerveau. J'ai des démangeaisons, je suis gelé.

« Je peux pas, Niko… »

Il me lance un regard dégoûté.

Le match se termine. Égalité.

Échalas, Éponge et Toupet rentrent aux vestiaires en me critiquant.

« L'équipe du Vandale a perdu. On pouvait passer devant. On a encore un point de retard. Et tout ça, parce que tu t'es transformé en pédé… tu ne tiens même pas un match…

— J'ai donné mon sang aujourd'hui…

— Tu devais vraiment le faire aujourd'hui ? Le jour du match ? »

Je ne réponds même pas.

Je sors des vestiaires et laisse le vent sécher mes larmes de rage. Dans ce monde, quand tu fais quelque chose de bien, tu finis toujours par le payer… les gens ne savent foutrement rien de l'amour. Ils ne pensent qu'au foot, ils ne te demandent même pas pourquoi tu as donné ton sang…

Beatrice est de retour au lycée. Elle est plus maigre. Plus blanche. Les cheveux courts, au roux plus opaque, terne. Les yeux toujours verts, mais comme dissimulés. J'aimerais la croiser et lui dire que je suis là, que je lui ai donné mon sang, que je suis heureux de la revoir, puis je comprends qu'il vaut mieux garder le silence. Je me contente de lui sourire quand je la croise entre deux cours. Elle semble me reconnaître et me rend mon sourire. Le sien n'est pas rouge comme d'habitude, il est blanc. Mais elle est le cœur de mon rêve. Mon rêve est rouge, il faut que je fasse virer ce blanc au rouge violacé que j'ai vu sortir de mon bras. Je n'ai plus le moindre doute. Ce sourire contient le sens de tout ce que je cherche.

Je ne te laisserai pas partir. Je ne permettrai pas à ce cancer blanc de t'emporter. Je ne permettrai pas que cela arrive car tu es beaucoup plus nécessaire que moi sur cette Terre. Je veux que tu le saches. Je t'écrirai une lettre pour te dire que je suis là, que tu peux me demander tout ce dont tu as besoin, n'importe quand. Aujourd'hui, quand je rentrerai chez moi, j'écrirai cette lettre. Ce sera la chose la plus belle et la plus rouge que j'aie jamais faite. Il faut qu'elle soit parfaite.

C'est étrange, les rêves te secouent comme une transfusion de sang. Comme si tu recevais dans les veines le sang d'un super-héros.

C'est la première fois que j'écris une lettre. Je ne peux même pas la copier sur Internet. Sur Internet, les trucs sont datés. Il ne peut pas y avoir de lettre de Leo à Beatrice, il faut que je l'invente. Mais ça me plaît : j'écrirai un texte inédit. Je suis ému. Je prends du papier, un stylo, et j'écris.

Premier problème : le papier n'a pas de rayures. J'écris quand même. Je laisse tomber immédiatement : ma lettre est blanche comme la glace, froide. Je récupère la feuille et commence à la noircir. Mais les phrases sont de travers, les mots tombent dans un ravin. C'est dégueulasse. Et tout ça, à cause du blanc absolu. Impossible d'envoyer à Beatrice une lettre d'analphabète. Que faire ?

J'ai une idée. J'imprime sur une page de grosses rayures noires comme celles du pyjama de mon père. Je la place sous la feuille blanche. Excellente idée. Pour vaincre le blanc, il faut des lignes noires cachées, grosses et fortes. Il ne me reste plus qu'à les remplir. C'est le plus dur.

Chère Beatrice, comment vas-tu ?

L'autre jour, quand je t'ai revue au lycée, je t'ai souri et tu m'as souri. J'ignore si tu t'en souviens. Eh bien, c'est moi. Le mec aux cheveux de fou : Leo. Je t'écris car j'ai envie d'être avec toi en ce moment. Je ne sais pas trop quoi dire dans ces circonstances. S'il faut faire semblant de ne pas savoir que tu es malade, faire semblant de ne pas t'avoir donné mon sang, faire semblant que tu ne me plais pas… bref, je n'arrive pas à faire semblant. Je t'ai donc déjà tout dit : tu es malade, je t'ai donné mon sang, tu me plais. Je peux parler plus librement maintenant car j'en ai fini avec les trucs importants. Les trucs qu'on doit dire obligatoirement, parce que si on les dit pas, on fait semblant, et quand on fait semblant on est mal. Moi, je veux être sincère avec toi, car tu fais partie d'un rêve. Comme nous le dit le Rêveur. En réalité il ne s'appelle pas Rêveur, c'est le type qui remplace Argentieri, et comme il parle toujours de rêves, on lui a donné ce surnom. Je cherche mon rêve. Le secret, c'est de poser les bonnes questions. Les bonnes questions aux choses et aux gens auxquels on tient, puis écouter ce que le cœur répond. Et toi, tu as un rêve ? Tu y as déjà pensé ?

Je t'embrasse fort et j'espère avoir bientôt de tes nouvelles.

Leo, seconde D.

Je n'ai pas l'adresse de Beatrice. Je n'ai même pas d'enveloppe… pire, je serais incapable de me débrouiller avec l'adresse, le timbre et tout le reste. J'ai honte de demander de l'aide à ma mère. Alors je sors. Je prends mon scooter. J'achète une enveloppe. Je glisse la lettre à l'intérieur. J'inscris dessus en gros caractères « Pour Beatrice » puis je vais chez Silvia : elle me donnera l'adresse et je pourrai mettre la lettre directement dans la boîte de Beatrice.

Pareil à un tapis volant de bonheur, mon Bat-scooter vole vers son but. Je ne peux tout de même pas confier à la poste la lettre de ma vie. Alors je file vers le bleu comme le messager d'un héritage de plusieurs milliards. Mon cœur bat au rythme des roues. Je ris, je chante, je n'entends rien. Pas même le klaxon qui me crie, sur ma droite, que je n'aurais pas dû oublier de faire réparer mes freins. Ce n'est pas un duel de freinage, je n'ai pas le temps d'avoir peur, de compter jusqu'à un, de freiner.

Le blanc.

Je me réveille dans un lit blanc d'hôpital. Mon cerveau baigne dans le blanc. Je ne me souviens de rien. J'ai l'impression que ma tête est détachée de mon corps. J'ai probablement été enlevé, drogué et transformé en super-héros. Je me demande quels pouvoirs j'ai acquis : vol, téléportation, invisibilité, lecture de la pensée… J'essaie la téléportation et je constate que je ne peux pas bouger. Un truc rigide autour de mon cou immobilise mon torse et ma tête. Pour la première fois, je comprends ce que ressent Terminator quand je tire sur sa laisse.

J'ouvre les yeux. Ma mère se tient à côté de moi. Elle a les yeux rouges.

« Qu'est-ce qui s'est passé ? »

Elle me répond qu'une voiture m'a renversé. Du moins c'est ce que les témoins de l'accident ont rapporté. Je ne me souviens de rien ou presque. Le résultat est là : j'ai une vertèbre fêlée, je dois rester couché pendant dix jours. Comme si ça ne suffisait pas, j'ai le poignet droit cassé, déjà plâtré. Pas de devoirs. Qui est responsable de ce bordel (ou presque) ? D'après ma mère, l'individu qui m'a renversé ne s'est pas arrêté. Il s'est sauvé. Un passant a noté le numéro de sa plaque d'immatriculation. Mon père s'en occupera. L'important, c'est que j'aille bien et que je me remette bientôt sur pied, mais pour cette année je peux dire adieu aux sports d'hiver et au snowboard… Quand je sortirai d'ici ce sera déjà Noël…

Une rage que je ne me connaissais pas s'empare de moi. Une rage si forte que je pourrais la déverser sur ma mère, qui n'y est pour rien. Voilà, je me rappelle. J'apportais ma lettre à Beatrice, je venais de quitter Silvia, l'adresse écrite sur l'enveloppe. Ensuite, l'obscurité. Je me demande ce que la lettre est devenue. Je l'avais dans la poche. Je suis maintenant en pyjama, avec une minerve et un plâtre… où est la lettre ?

Merde. Une fois de plus, j'ai voulu faire quelque chose de bien et je me suis retrouvé le cul par terre. Qui a inventé la poisse ? Pourquoi elle se colle à moi ? En quoi je suis responsable ? Je vais arrêter d'aimer, tant pis.

Au moins j'ai compris quel genre de super-héros je suis devenu.

À en juger par mon mal de crâne et par la lumière qui m'aveugle, j'ai dû dormir un siècle. Il me faut un moment pour me rappeler qui et où je suis. Soudain je croise deux yeux bleus. Les yeux de Silvia, couleur du ciel sans nuage. Silvia est la Fée bleue et moi, Pinocchio. Grâce à sa présence, je me sens normal dans mon armure de plâtre. Je souris en plissant les paupières. Silvia court tirer les rideaux pour éviter que la lumière me gêne.

« Tu as soif ? »

Elle pose la question avant même que je réussisse à connecter ma bouche sèche à mon cerveau. Elle verse dans un verre du jus d'ananas acheté exprès pour moi. Mon préféré. Je n'ai même pas eu le temps de formuler un souhait : elle l'a déjà exaucé. Si ce n'était pas une copine, je pourrais l'aimer.

Mais l'amour, c'est autre chose. L'amour ne laisse aucun répit. L'amour est insomniaque. L'amour est une démultiplication. L'amour est rapide. L'amour, c'est demain. L'amour est un tsunami.

L'amour est rouge sang.

Niko se présente, les yeux baissés.

« Pardon, Leo, pour l'autre jour, au match… tu te rends compte, si tu étais mort… je serais resté seul avec cette bande de minables… les Pirates, les duels, la musique, tout aurait été terminé… Ne me joue plus ce genre de tours… »

Je souris. Je suis heureux. J'ai retrouvé Niko. On ne s'était pas parlé depuis le match. Ni lui ni moi n'avions envie de nous excuser. C'était à lui de le faire. Il m'avait blessé.

« Pour combien de temps tu en as ?

— Un mois de plâtre, plus ou moins. Heureusement, ce n'est pas une fracture ouverte…

— Bon, tu ne rateras qu'un seul match. J'espère qu'on y arrivera sans toi.

— Fais jouer Échalas. Il n'a pas de bons pieds, mais il sait se tenir sur un terrain. Tu n'auras qu'à te démener un peu plus que d'habitude. Et puis le prochain match n'est pas difficile.

— Sans toi, je m'amuse pas, Pirate. »

Je souris.

« Tu verras, je me rétablirai vite et nous gagnerons le tournoi. Personne ne peut arrêter les Pirates, Niko, personne… Sans oublier que nous avons un compte à régler avec le Vandale. »

Niko se lève et, la main sur le cœur, entonne l'hymne national. On chante tous les deux à tue-tête. Et quand l'infirmière entre pour voir ce qui se passe, on pouffe de rire.

« Si vous n'êtes pas sages, vous aurez droit tous les deux à une anesthésie générale ! Tu n'arrives donc pas à garder ton calme, pas même dans un lit d'hôpital ? »

Niko la dévisage, apparemment charmé.

« Tu veux m'épouser ? »

Désarmée, l'infirmière éclate de rire.

Niko se tourne vers moi en soupirant.

« Elle a dit oui. »

Le reste de la classe me rend visite. Je suis content. Je me demande pourquoi il est nécessaire d'en être réduit à cet état pour être au centre de l'attention. Parfois, l'envie te prend de faire un truc éclatant pour être remarqué. Un truc qui te propulsera sous les yeux et sur les lèvres de tout le monde. Surtout quand tu es seul. Pour cracher ta solitude au nez des autres, tu imagines que tu te jettes par la fenêtre : comme ça, tous ces fumiers comprendront ce que tu éprouves. La souffrance et le malheur sont visiblement la meilleure façon d'amener les autres à prendre soin de toi et à t'aimer.

On m'a apporté mes BD préférées. Silvia a peint un tableau pour moi. Il est petit. Il représente un bateau qui se dirige vers l'horizon, ligne bleue où le ciel et la mer se confondent. Il semble peint de l'intérieur du bateau. Je l'ai accroché en face de mon lit. Il me tient compagnie quand je suis seul dans cette chambre d'hôpital. L'autre lit n'est pas occupé. Heureusement. J'aurais honte de pisser dans le perroquet devant quelqu'un, pendant que l'infirmière le tient par exemple… J'envie presque Terminator, qui n'a aucun scrupule à se soulager devant des hordes de chiens et d'employées de maison philippines. Les chiens ne savent même pas rougir.

Niko m'a offert un CD. Quand je serai sur pied, on rejouera de la musique. Les autres sont venus eux aussi avec un cadeau. C'est cool d'être au centre de l'attention, même si un os cassé est le prix à payer.

C'est cool de se laisser aimer…

Depuis quelques jours j'ai un compagnon de chambre. Un gros type. Immense. Un éléphant de ville. Il s'est fracturé deux vertèbres. Il est obligé de rester immobile et de tout faire au lit, y compris ses besoins. Son odeur me dégoûte. Il passe toute la journée à fixer le plafond ou la télé, placée plus ou moins au plafond. De temps en temps, on parle. Il est sympa. Malgré son état, il est plutôt tranquille. Même s'il se met en rogne quand il a mal ou quand il n'arrive pas à s'endormir. Sa femme veille sur lui. Sa fille et son fils lui rendent visite fréquemment.

C'est cool d'être épaulé par sa famille quand on va mal. Je me demande comment on se débrouille quand on n'en a pas. Quand tu n'as personne pour prendre soin de toi. L'Éléphant m'a montré ce que signifie avoir une famille. Bien sûr, j'en ai une. Mais jusqu'à présent une réalité m'échappait. Tant que tu ne vis pas une situation précise, tu ne peux pas la comprendre. Tu considères tes parents comme des casse-couilles qui s'opposent à tout ce qui te plaît.

L'exemple de l'Éléphant, de sa femme et de ses enfants est clair. Quand je serai grand, je veux avoir une famille aussi unie que la leur. C'est le secret de la tranquillité, le sens d'une vie bien vécue : des êtres t'aiment malgré ta maladie. Des êtres qui supportent ton odeur. Seuls les êtres qui aiment ton odeur t'aiment vraiment. Ils te transmettent force et sérénité. C'est une belle manière d'endiguer les souffrances qu'on rencontre dans la vie.

Il ne faut pas que je l'oublie. Il ne le faut pas. Je mettrai cette constatation dans mon rêve quand je serai adulte. Avec Beatrice. J'aime déjà son parfum. Le parfum irrésistible des rêves, de l'amour.

Le Rêveur entre dans ma chambre. Je n'arrive pas à le croire. Un prof qui rend visite à un élève à l'hôpital ! Un remplaçant ! Je suis au septième ciel. Le Rêveur s'assied à côté de mon lit et me parle du lycée. Les interros, les devoirs, le programme. Le trimestre touche à sa fin, les vacances de Noël sont proches. On a accroché des guirlandes au tableau noir, et Barbiche, le pion dont la barbe est si épaisse qu'on pourrait y pendre des boules de Noël et des lumières, a décoré un arbre rabougri. J'en étais sûr. Je regrette de ne pas y être, c'est un des rares moments où le lycée devient marrant.

Le Rêveur me dit qu'il s'est cassé le bras au même âge que moi en jouant au foot. Il me montre la cicatrice de l'opération. Heureusement, je n'ai pas eu à être opéré et je n'étais pas conscient quand on a réduit ma fracture. En dormant, on évite la souffrance. Les problèmes commencent au réveil.

Le Rêveur est vraiment marrant : il s'exprime comme un type quelconque. Il est normal. Il a une vie semblable à la mienne. Il me raconte aussi une histoire drôle qui n'est pas drôle. Je me force à rire pour ne pas le vexer. Il me demande où j'en suis, avec mon rêve, et je le lui explique. Je lui dis que l'accident a tout brisé, que je ne suis pas sûr de vouloir continuer, parce que chaque fois que je me démène il se produit un sale coup : d'abord Beatrice, puis moi. Le Rêveur sourit, il dit que ça fait partie des vrais rêves.

« Les vrais rêves se construisent en dépit des obstacles. Autrement, ils ne se transforment pas en projets, mais restent à l'état de rêves. La différence entre un rêve et un projet réside justement là : dans les coups durs, comme le montre l'histoire de mon grand-père. Les rêves se révèlent peu à peu, ils diffèrent parfois de notre rêve initial… »

D'après le Rêveur, j'ai de la chance d'être au lit, le dos brisé ! Je ne le crois pas et je le lui dis.

« Je n'en doutais pas. »

On rit. Mais il m'explique que je suis dans ce lit parce que je faisais un truc extraordinaire : je réalisais mon rêve en allant remettre ma lettre. Si un rêve rencontre des obstacles cela signifie que c'est le bon. Ses yeux brillent. Au moment de lui dire au revoir, je l'appelle par erreur Rêveur. Il rit : il savait que je lui donnais ce surnom. Il s'en va. Je me mords la lèvre : rien ne gêne le Rêveur, pas même les surnoms. C'est la preuve qu'il n'est pas nécessaire d'être antipathique pour avoir de l'autorité.

La visite du prof m'a mis de bonne humeur : j'ai envie de quitter l'hosto, de dîner avec mes parents, de sortir Terminator, de jouer de la musique avec Niko, de bosser avec Silvia, d'embrasser Beatrice… Au fond, le Rêveur me rend dingue… je suis furieux de l'admettre… je veux ressembler à un remplaçant minable d'histoire et de philo.

Ma mère a trouvé la lettre. Elle est tachée de sang et de bitume. Elle était dans la poche de mon jean. Le jean est parti à la poubelle. Il était déchiré. Mais avant de le jeter, ma mère a fouillé les poches. Deux euros. Un élastique. Une vignette de Bart. Des chewing-gums. Une lettre. Il y a mon sang dessus. Séché. Il encadre le nom de Beatrice. C'est la seconde fois que je lui donne mon sang. J'en suis aussi heureux que la première. Je relis la lettre. Une bonne lettre, même si plusieurs mots sont illisibles, tachés de sang. Il faut que je déniche le moyen de la lui faire parvenir. Si je pouvais me lever !

Gandalf est venu, lui aussi. Je ne m'y attendais pas. Il a dix mille classes, au moins huit millions d'élèves, sa paroisse et une centaine d'années à trimballer sur son corps transparent qui ressemble au Saint-Esprit auquel il croit tant… pourtant il me rend visite. Ça ne me déplaît pas, au contraire ça me touche. Je ne m'y attendais pas. Il me demande de lui dire ce qui s'est passé. Je lui raconte tout, je mentionne même la lettre. Je me sens à l'aise. Mais je ne mentionne pas Beatrice, je reste dans le vague. Il affirme que je suis un fils bien-aimé de Dieu. Je réponds que je ne veux pas entendre parler de Dieu : s'il existait, il n'aurait pas permis que Beatrice tombe malade.

« S'il est tout-puissant pourquoi il m'a fait ça ? Pourquoi il a voulu me faire souffrir ? Pourquoi il fait souffrir d'autres personnes comme moi qui n'ont rien fait de mal. Je vous en donnerais, du fils bien-aimé de Dieu. Dieu, je ne le comprends pas. T'es quoi, Dieu, puisque le mal existe ? »

Gandalf dit que j'ai raison. Comment ça ? Je le provoque et il m'approuve ? Bah… les prêtres au moins devraient défendre leurs positions. Gandalf réplique

que Jésus, le fils de Dieu, s'est senti lui aussi abandonné par son père et le lui a crié à l'instant de mourir.

« Si Dieu a traité son fils de cette manière, il traitera ainsi tous ceux qu'il considère comme ses enfants bien-aimés. »

C'est quoi, cette façon de penser ? Je n'ai rien eu à y opposer, car c'est, d'après Gandalf, ce que racontent les évangiles :

« Si quelqu'un avait envie d'inventer un Dieu fort, il le ferait sans problèmes, il n'imaginerait pas un Dieu faible qui, de surcroît, se sent abandonné par son père au moment de mourir. »

Gandalf remarque la lettre tachée de sang sur ma table de nuit. Il dit que ça lui rappelle son crucifix : une lettre écrite aux hommes, signée avec le sang de Dieu, qui nous sauve par ce sang. Je l'interromps : je n'ai pas envie d'entendre un sermon. En tout cas, il m'a donné du fil à retordre, et son idée du sang me plaît. J'ai fait la même chose avec Beatrice. C'est peut-être la seule vérité de son discours sur le Christ : l'amour consiste à donner son sang. L'amour est rouge sang.

« Leo, il n'existe pas de réponse convaincante à la souffrance. Mais depuis que le Christ est mort sur la croix, il y a un sens pour nous. Un sens… »

Je l'étreins comme je peux. Après son départ, je m'aperçois qu'il a laissé son crucifix sur ma lettre à Beatrice. Une phrase est inscrite derrière ce bout de bois en forme de T : « Il n'y a pas de plus grand amour que de donner sa vie pour ses amis. » Pas mal, cette phrase. Je ne veux pas l'oublier. Je range le crucifix dans l'enveloppe : je le rendrai à Gandalf à mon retour. Et puis je ne voudrais pas qu'on me voie avec : ça porte malheur.

J'en ai marre d'être cloué au lit. J'en ai vraiment marre. Les journées sont interminables. Ma position est inconfortable, mon bras plâtré me démange tant que j'aimerais l'arracher. Les minutes durent des heures. Le seul moyen de les remplir, c'est de ne pas penser. La télé est allumée en permanence : je n'ai rien trouvé de mieux pour me distraire. Si je me concentre sur mon corps, j'ai mal, et si je me concentre sur mes pensées, j'ai encore plus mal. La souffrance a décidé de devenir ma meilleure amie. Pourquoi ?

D'après le Rêveur, elle est nécessaire pour que les rêves deviennent réalité. Dans ce cas, je la supporte, mais je m'en passerais bien. Il doit certainement exister une manière plus facile de réaliser les choses… sans effort, si possible… même regarder la télé me fatigue. Je ne sais pas pourquoi, car je suis immobile dans le lit. Mais c'est un fait. La télé me fatigue. C'est toujours pareil : une anesthésie générale. Une moitié des histoires concernent les secrets des gens, l'autre ce que font les gens quand leurs secrets sont découverts. Moi, j'ai un secret, mais je n'irais pas le révéler à la télé.

Mon secret, c'est Beatrice.

Silvia est venue me voir. Elle m'a apporté un bouquin. Un recueil de nouvelles.

« Ça te fera passer le temps. »

Silvia est comme le ressac : elle est toujours là, même quand tu ne l'entends pas. Et quand tu l'écoutes, elle te berce. Si je l'aimais, je l'épouserais tout de suite, mais l'amour n'est pas le ressac ; l'amour, c'est la tempête. Je lui demande des nouvelles de Beatrice. Elle m'apprend qu'elle est de nouveau hospitalisée. Pour le deuxième cycle de chimiothérapie.

« Elle est ici. »

Je ne peux pas le croire. Je dors sous le même toit que Beatrice ! Ça m'enthousiasme. Je garde ça pour moi : cette pensée est si belle que je veux la savourer tout seul. Après quoi j'y reviendrai et j'agirai. Ou plutôt, je vais agir tout de suite.

Je demande à Silvia : « Et si tu lui apportais ma lettre ? »

Elle répond, les yeux baissés, que ce n'est pas le moment. Elle a peut-être raison. Beatrice dort beaucoup pendant la chimio, ça l'épuise. Elle vomit souvent. Silvia n'a pas le courage d'aller la déranger pour lui remettre une lettre. Elle a sans doute raison.

On parle du lycée. Erika-avec-un-k sort avec Luca. Un couple inséparable. Bizarrement, Erika-avec-un-k, qui a d'habitude de bonnes notes, n'a pas su répondre à deux interros. La veille, elle se trouvait avec Luca. Luca n'a jamais beaucoup bossé, il emmène Erika-avec-un-k se promener tout l'après-midi. Ils déconnent et s'embrassent. Erika-avec-un-k prétend qu'elle a découvert un truc : travailler n'est pas important. Maintenant qu'elle est amoureuse, elle relativise tout le reste. Il n'y a pas mieux que l'amour pour être bien. Erika-avec-un-k a raison, je suis d'accord. Je dis à Silvia que le bonheur, c'est d'être amoureux. Silvia approuve même si elle trouve bizarre qu'on puisse changer de personnalité quand on tombe amoureux. Puisque Erika a toujours bossé, pourquoi arrêter maintenant qu'elle est amoureuse ? Elle s'est transformée en une Erika-sans-k quelconque : elle n'est plus elle-même.

Pourquoi est-ce que Silvia trouve des subtilités dans des sujets qui me paraissent très clairs ? La conviction d'être amoureux m'a moi-même déstabilisé. Je lui demande si elle a jamais été amoureuse. Silvia hoche la tête en fixant le bout de ses doigts.

« De qui ?

— C'est un secret. Je te le dirai peut-être un jour.

— OK, Silvia, je respecte ton intimité, mais sache que tu peux toujours compter sur moi pour partager tes secrets. »

Silvia a un sourire hésitant. Elle me parle ensuite de Nicolosi, la prof d'éducation physique. Une femme d'environ cinquante ans qui a dû être belle dans sa jeunesse et qui ne l'est plus. Elle essaie de toutes les façons possibles de faire jeune, elle en est ridicule. Mais personne n'a le courage de le lui dire. Rien à voir avec Carnevale. Carnevale est la prof de biologie. Malgré ses cinquante ans, c'est encore une belle femme, une belle femme de cinquante ans. Nicolosi s'habille comme une fille de vingt ans, voilà pourquoi elle est grotesque. Nicolosi s'est présentée dans une minijupe si courte que les garçons ont pété un câble, me raconte Silvia.

« Non ! Et dire que j'ai raté ça…

— T'es un vrai cochon !

— Non, un lion… »

Le fait est que les mecs l'ont photographiée avec leurs portables.

« Toi, Silvia, tu n'aimes pas être regardée ? »

Elle hésite un instant :

« Si… énormément… mais je ne veux obliger personne à le faire, et une femme connaît ces choses-là. D'autres préfèrent attendre le seul partenaire possible, le partenaire qui aura envie de les découvrir tout doucement, comme dans un rêve… »

Ce truc-là mérite réflexion. Les rêves sont comme les étoiles : on les voit briller quand les lumières artificielles s'éteignent, et pourtant elles étaient déjà là avant. Silvia m'oblige à cogiter. C'est volontaire. Je m'endors presque immédiatement. Je ne suis pas fait pour réfléchir longtemps. Je m'assoupis en regrettant ce que je rate au bahut. Même si l'idée que je ne rate rien de vital m'effleure l'esprit juste avant que je m'écroule…

C'est officiel : le lycée est inutile. Si je deviens un jour ministre de l'Éducation j'ordonnerai immédiatement qu'on ferme les lycées.

À mon réveil, la première pensée qui me vient à l'esprit est que Beatrice se trouve dans cet hôpital. Je suce cette pensée comme un Mentos. J'en oublie la souffrance, l'agacement, la télé. Quand l'être le plus beau que tu connais est près de toi, tout se transforme, y compris les trucs les plus nuls. Tout prend un sens. Il faut que je mette sur pied un plan. Je veux la voir. Je peux me lever. J'ai le bras en écharpe et le cou raide, à cause de la minerve, mais je n'ai plus besoin de rester immobile. Les radios sont bonnes.

Je me décide. Je quitte mon lit. Dans mon état, en pyjama, je ne suis pas un prodige de beauté. Tant pis. On s'habitue à voir les gens ainsi à l'hôpital. On accepte avec une rapidité incroyable d'être en pyjama devant des inconnus. C'est comme ça, à l'hosto. Peut-être parce qu'on est tous ridicules face au chagrin et à la souffrance. Et le pyjama est l'uniforme idéal pour effacer les différences. J'en porte un qui appartient à mon père, très élégant. Il est plus large que les miens et convient donc au plâtre. De plus son odeur me donne l'impression d'être à la maison.

Je m'aventure dans les couloirs qui mènent à l'aile des femmes. Je n'ai pas le courage d'interroger directement les infirmières, j'erre comme si je faisais une promenade. Je me penche sur le seuil des chambres du service d'oncologie. C'est comme ça, m'a dit Silvia, que s'appelle le service des cancers. Cet « onco » est sûrement un truc grec relatif aux tumeurs parce que la partie « logie » du mot est toujours précédée d'un terme grec. Il faut que je vérifie dans le dictionnaire, manne pour les oculistes ! Il ne me manque pas du tout. Je parcours le couloir. Dans les chambres, il y a surtout des gens âgés. Dans mon service aussi. Des vieux. Je suis une sorte de mascotte. L'Éléphant a soixante-quinze ans… L'hôpital est une galerie de vieillards blancs. Les jeunes qui sont à l'hôpital le sont par malchance ; les vieux parce qu'ils sont vieux.

Mais cette tête au duvet roux posée sur un oreiller blanc comme une rose sur la neige, ou le soleil dans la Voie lactée, est celle de Beatrice. C'est bien Beatrice, et elle dort. J'entre. Elle a pour voisine une vieille dame dont les rides sont si nombreuses qu'elles paraissent sculptées. Elle me sourit, pareille à une feuille de papier alu froissée.

« Elle est très fatiguée. »

Je lui rends son sourire. Je me dirige comme une momie vers le lit de Beatrice. J'ai peur. Au-dessus d'elle, une perfusion dont le tube plonge directement dans son poignet. Il entre dans ses veines, et l'aiguille qui blesse la peau laisse entrevoir son sang. Dans ces veines, coule aussi mon sang. Mes globules les plus rouges qui ne dévorent pas ses globules blancs. Je sens la souffrance de Beatrice, j'aimerais que ce soit la mienne et qu'elle aille bien. De toute façon, je suis obligé de rester à l'hôpital.

Beatrice dort. Je la trouve différente. Sans défense. Pâle. Elle a des cernes bleus, rien à voir avec le maquillage. Elle dort. Couverts d'une fine étoffe bleue, ses bras sont abandonnés le long de son corps. Ses mains sont fines et maigres. Je ne l'avais jamais vue d'aussi près. On dirait une fée. Elle est seule. Elle dort. Je contemple son visage pour l'ancrer dans ma mémoire. Elle a une petite fossette sur la joue droite qui lui donne l'air souriant jusque dans le sommeil. Elle ne fait pas de bruit. Sa respiration est silencieuse. Mais lumineuse comme toujours, comme une étoile dans la nuit. C'est alors qu'entre une infirmière. Elle me demande de sortir pendant les soins. Je me lève un peu gauchement dans mon pyjama de gala.

« Hé, monsieur l'élégant, tu la connais ? » m'interroge l'infirmière aussi grosse que de la viande en conserve baignant dans de la gélatine.

J'attends un instant avant de répondre avec un sourire infini :

« Oui, c'est ma copine. Il a fallu que je me casse le bras pour pouvoir être près d'elle… »

L'infirmière ravale un sourire que je ne sais pas définir… Avant de sortir, je caresse Beatrice. Sans la réveiller. Je veux qu'elle trouve ma caresse sur son visage à son réveil.

Guéris, Beatrice. J'ai un rêve. Et je dois t'emmener.

Je n'ai pas laissé ma lettre à Beatrice, j'ai oublié, l'infirmière m'a distrait. De toute façon, ce n'était pas le moment. Je déplie la feuille de papier pour la relire. Le crucifix de Gandalf tombe par terre. Il était dans l'enveloppe. Il se fourre dans l'endroit le plus inaccessible, comme tout ce dont on a besoin. Pour le récupérer, je dois presque m'arracher le bras. Je referme mes doigts dessus. Furax. Je l'observe. Il dort, lui aussi. Il a le même regard que Beatrice. Il comprend ce qu'elle éprouve, car il semble avoir déjà subi cette épreuve.

Pourquoi faut-il que les gens souffrent ? Bien sûr, tu ne me répondras pas. Je ne sais pas si tu existes. Si tu existes et si tu fais des miracles, fais-en un pour moi. Guéris Beatrice. Si tu y arrives, je croirai en toi. Qu'est-ce que tu en penses ?

J'ai passé toute la journée assis, au lit. J'examinais au microscope de ma mémoire le visage endormi de Beatrice. Je me suis lové dans la fossette de sa joue droite et j'y suis resté des heures comme un nouveau-né dans son berceau, ou comme quand je remplissais, enfant, ces insupportables albums de coloriage. De ce perchoir, le monde était plus visible, j'avais l'impression de pouvoir écouter le silence sans en avoir peur, de toucher l'obscurité. Comme si mes sens émoussés se dégourdissaient les jambes après un long sommeil. Les heures se sont ainsi écoulées sans que je m'en rende compte. D'une manière différente que devant la télé. Car je ne suis pas fatigué, je recommencerais sans problème.

La nuit est tombée. Je veux protéger Beatrice de la nuit. Je quitte mon lit et me dirige vers son service. Désormais l'odeur de l'hôpital ne me gêne plus, je perçois uniquement celle des malades, et elle est moins effrayante. Je rebrousse chemin. Impossible d'aller là-bas les mains vides. J'entre dans une chambre où se trouve un vase de fleurs. Deux femmes regardent la télé. Un film ennuyeux sûrement. Elles sont plongées dans un silence hypnotique. Les vieux. Je m'approche. Je prends dans le vase une marguerite. Blanche. Une des deux femmes se tourne vers moi. Je souris.

« C'est pour une amie. »

Comme surgi d'une caverne préhistorique, le visage ridé acquiesce.

« Bonne nuit.

— Bonne nuit », me dit-elle doucement.

Je sors, tout gai, ma fleur à la main. Cette marguerite est magnifique. Simple comme les marguerites savent l'être. On dirait que la graine a été plantée dans l'attente de ce moment. Le jardinier l'ignorait, mais il travaillait pour moi. Dans un couloir d'hôpital, dans le silence blanc du soir, j'apporte une marguerite à Beatrice, chambre 234 du service d'oncologie. La pièce est plongée dans la pénombre. Je ne distingue que les silhouettes de Beatrice et de sa voisine ridée. Elles dorment déjà, épuisées. Elles sont très proches et pourtant très différentes. Il n'est pas juste de vieillir si vite. Beatrice sommeille. J'entrevois son profil qui renferme, à mes yeux, tous les plus beaux profils que je connais, sous la couverture marron de l'hôpital. Je dépose ma marguerite à côté d'elle, sur la table de nuit. Je murmure une chanson sans honte, sans rougir.

« *Buonanotte, buonanotte, fiorellino, buonanotte fra le stelle e la stanza. Per sognarti devo averti vicino, e vicino non è ancora abbastanza*[1]… »

Je m'éloigne. J'ai rempli ma mission : j'ai chanté ma première sérénade. En pyjama.

---

1. « Bonne nuit, bonne nuit, petite fleur, bonne nuit entre les étoiles et la chambre. Il faut que tu sois proche pour que je puisse rêver de toi, et cette proximité ne me suffit pas… »

De retour dans ma chambre, je n'arrive pas à m'endormir. Chaque fois que je regarde Beatrice, j'ai l'impression qu'une brique me tombe sur l'estomac. Une sensation insolite. Certaines filles te font tourner la tête par leur beauté. Beatrice me jette une brique sur l'estomac, un fardeau à porter, un fardeau agréable… à coup sûr, c'est le signe du véritable amour. Pas simplement de l'amour qui te donne le vertige, mais de l'amour qui t'ancre les pieds au sol comme la gravité. Je me suis endormi, la lumière allumée, en contemplant le tableau de Silvia. Je m'imaginais au gouvernail de ce bateau, voguant en compagnie de Beatrice vers une île où nos rêves se réaliseraient. Une marguerite dans ses cheveux roux, incendiés par le soleil, apparemment de la même matière que la mer.

Comme le diraient les comiques Aldo, Giovanni et Giacomo : « Demande-moi si je suis heureux. » Oui. Du moins en rêve.

Enfin, je rentre chez moi. Demain, c'est Noël et on m'autorise à sortir. Le pied ! Je n'ai rien emballé pour l'instant, à l'exception de mon bras. Dans une tonne de plâtre ! Avant de partir, je dois remettre ma lettre à Beatrice : comme ça, on se verra après sa sortie. Tout s'arrangera et on vivra heureux. J'attends la nuit, moment où l'hôpital est envahi par un ronflement semblable au grognement d'un sanglier. C'est aussi le moment où l'odeur des maladies s'estompe, autant que la douleur. J'ai glissé ma lettre dans une enveloppe neuve, achetée par Silvia. Je me dirige à pas feutré vers le service d'oncologie. Au fur et à mesure que j'avance, mon âme se dilate, mon cœur se transforme en une maison que Beatrice a déjà commencé à décorer, déplaçant à sa guise objets, sentiments, rêves, projets. Je connais le texte de ma lettre par cœur. Les mots semblent en jaillir, s'animer.

La porte de la chambre est fermée. Je l'ouvre le plus délicatement possible. Je m'approche du lit sans respirer, ou presque, afin de mieux entendre ses murmures, de mieux sentir son parfum.

Le lit est vide. Les draps intacts, blancs, sans un pli.

Je m'assieds dessus. Je serre l'enveloppe entre mes doigts au point de la froisser. Mon rêve est comme les cerfs-volants que je fabriquais avec mon père quand j'étais petit. Malgré des mois de préparation, ils ne s'envolaient jamais. À une exception près : un cerf-volant rouge et blanc un jour où le vent soufflait tant que la ficelle avait fini par m'entailler la main. Je l'avais lâchée, sous l'effet de la douleur.

Beatrice s'envole ainsi, emportée par le vent. J'essaie de la retenir, mais la douleur que provoque le lien qui l'attache à mon cœur grandit… Je me recroqueville comme Terminator. Mon chagrin se dissipe lentement au contact du lit qui a étreint Beatrice. Cette nuit, je dors avec elle, même si elle s'est envolée.

« Qu'est-ce que tu fiches là ? »

Ces mots interrompent mon errance dans un immense lit blanc sans bords. Si la grosse infirmière ne me connaissait pas, j'aurais des ennuis.

« Je cherchais Beatrice… »

Ma sincérité ne laisse aucune issue au cœur tendre des grosses infirmières aimant l'odeur des malades.

« Elle est partie hier. »

Elle prend l'air sérieux.

Je me lève en proie à la nostalgie. Je traverse la chambre, la tête basse, en traînant les pieds. Quand je passe devant elle, l'infirmière m'ébouriffe les cheveux.

« Prends soin d'elle. Pour moi aussi. »

La chaleur de cette main me donne un courage que je n'ai pas.

« Je le ferai… »

Ma mère arrive un peu plus tard. Elle range toutes mes affaires dans un gros sac et, me soutenant, même si ce n'est pas nécessaire, m'emmène à la voiture. Je fais semblant d'être plus mal que je ne le suis : ainsi, elle sentira mon poids, et moi je sentirai son étreinte qui efface la douleur, le truc le plus invisible et le plus lourd que je connaisse.

Ma chambre est toujours la même. Je me demande à quels changements je m'attendais. Je ne dors plus sous le même toit que Beatrice, il m'est impossible d'aller chez elle. Mon Bat-scooter a eu le sort que j'aurais pu avoir. De toute façon, je ne suis pas capable de conduire.

C'est Noël, et je dois rester à la maison, mon bras en écharpe pendant quinze jours. *Profite de ces vacances pour rattraper ton retard et t'avancer*, m'a dit ma mère. Tu parles de vacances : bosser deux fois plus que d'habitude… Mais deux fois zéro égalent zéro, je le sais. Alors que j'ouvre mes manuels, les aiguilles de ma montre se collent au cadran et s'immobilisent, prisonnières d'une bulle spatio-temporelle.

Je commence à flotter dans cette bulle blanche qui s'élève parmi les nuages, à un endroit inaccessible, puis dans le silence sidéral, seul comme un ballon qui s'est envolé.

Quand tout est blanc, mon cœur se serre et personne ne parvient à l'entendre, même s'il crie.

Silvia est la seule à pouvoir me sauver.

Silvia est allée au bord de la mer, chez sa grand-mère, pour quelques jours. Tant mieux : ça me permet de repousser le rattrapage. Je m'ennuie à mourir, je me sens coupable car le temps passe, mais je n'ai pas le courage d'affronter les pages qui m'attendent. D'après le Rêveur, on s'ennuie quand on ne vit pas suffisamment. C'est quoi ? Une de ses phrases philosophiques. Un truc qui me dépasse. Et donc que j'apprécie. Parce que c'est la vérité, peut-être : je ne vis pas suffisamment. Mais qu'est-ce que ça signifie ? Il faut que je le lui demande.

Niko me téléphone. La semaine dernière, on a gagné le match contre les Desperados, de nom et de fait. Le prochain est dans un mois. J'espère que je pourrai jouer. Cette année, j'ai concentré tous mes rêves dans le tournoi de foot. Je veux soulever la coupe pour Beatrice et, si possible, devant elle !

On s'ennuie quand on a une existence ennuyeuse.

Un beau jour, on se regarde dans la glace et on se trouve différent. Oui, parce que la glace est la forme de vérité la plus cruelle. On n'apparaît pas tel qu'on est vraiment. On aimerait que son image corresponde à ce qu'on ressent et que les autres puissent voir immédiatement qu'on est sincère, généreux, sympa… au lieu de ça, les mots ou les faits sont toujours nécessaires. Il faut prouver ce qu'on est. Je préférerais me borner à le montrer. Ce serait plus simple.

Et si je me musclais, si je me faisais faire un piercing, un tatouage de lion sur le biceps (que je n'ai pas) ? Je ne sais pas, il faut que j'y réfléchisse. Ces trucs-là permettent d'être identifié immédiatement.

Erika-avec-un-k a un piercing dans le nez : on comprend que c'est une fille ouverte, avec laquelle on peut parler. Susy a un tatouage sous le nombril. Tout aussi explicite. C'est une sorte de signalétique. Bref, il faut que je sois plus évident pour devenir plus visible. J'en ai marre d'être anonyme.

Beatrice n'en a pas besoin, elle a les cheveux roux et les yeux verts. À eux seuls, ils disent qu'elle sait aimer, qu'elle est pure : rousse comme l'étoile la plus lumineuse, blanche comme le sable le plus hawaïen.

Quand je retourne au bahut, tout le monde se fout de moi et m'appelle Z-6PO comme le robot doré de *La Guerre des étoiles*. J'ai encore le bras en écharpe même si on va m'enlever le plâtre dans trois jours. Depuis mon retour, Giacomo semble avoir perdu sa place de l'élève le plus malchanceux de la classe. Je le suis plus que lui. Mais mon plâtre est couvert de signatures. Mon bras est célèbre. Mon bras m'aime parce que je porte sur moi les gens qui m'aiment. « Les Pirates attendent leur capitaine ! Niko », « Ta réincarnation sera un monument à la poisse... Erika », « Mieux vaut toi que moi ! Giak », « Tu es toujours aussi beau ! Silvia ». Il ne manque qu'une seule signature. Celle de Beatrice. Mais je n'en ai pas besoin : elle est gravée dans mon cœur.

Il y a signature et signature. Si tu achètes un Fred Perry, des Dockers, des Nike... ce sont des signatures sur des choses qu'on finit par changer, jeter, perdre... Elles te permettent d'être mieux, mais elles passent. Et puis il y a les signatures qu'on porte sur le cœur. Elles te disent qui tu es vraiment et *pour qui* tu es vraiment. La signature de Beatrice est tatouée sur mon cœur. Elle est mon rêve, et c'est pour elle que j'existe.

Elle ne vient pas au lycée : nouveau cycle de chimio. Si ça continue, elle devra redoubler.

À la maison, je trouve une lettre froissée sur mon bureau. Et un post-it de ma mère : elle était restée au fond du sac de l'hôpital. Ma lettre à Beatrice ? Comment ai-je pu l'oublier ? Il faut que je la lui remette, même si c'est mon dernier geste, car « c'est ce qu'on fait qui vous définit, pas ce qu'on est ». Batman a toujours raison.

Les jours passent, et je finis par m'asseoir devant mes bouquins. J'ai décidé de rattraper mon retard. En réalité, je suis assis devant Silvia : seul, je n'y arriverais pas. On a atteint la phase thriller du quadrimestre, entre interros et devoirs. Et j'ai beaucoup de retard.

Silvia me raconte les cours du Rêveur (surtout hors-programme, mes préférés), me résume la syntaxe des cas, m'explique un chant de la *Divine Comédie*. Celui d'Ulysse qui persuade tous ses compagnons d'affronter la mer pour suivre, me semble-t-il, « *virtute* et *canoscenza* » (je peux entendre la voix dure et métallique de la prof) et les mène à leur perte parce qu'ils meurent tous au fond des abîmes.

Pendant que Silvia m'explique, je m'égare. Mes pensées se tournent toujours vers la même histoire. Certaines personnes ont des rêves, ou croient en avoir, et obligent les autres à les croire, mais le temps et la mort balaient tout. Tout le monde a vécu dans le mirage de ce rêve. Si l'adrénaline s'emballe dans tes veines, c'est parce que quelqu'un l'a cru à ta place, mais c'était une illusion. Mon rêve est lui aussi une illusion. La maladie a décidé de me l'enlever. Sans Beatrice, je n'existe pas.

Silvia me regarde : elle a compris que je me suis égaré. Elle me caresse la joue, et le vent se lève une nouvelle fois sur le bateau du tableau, il se dirige toutes voiles dehors vers un port inconnu qui, je le sais, existe autant que la main qui m'a caressé. La main de Silvia est magique.

Merci, Silvia. Merci, Silvia, d'être là. Merci, Silvia, d'être l'ancre qui m'interdit de dériver, la voile qui me permet de traverser la mer sans effort.

« Merci Silvia. Tu comptes beaucoup pour moi.

— Toi aussi. »

Certains après-midi ma chambre, qui est mieux qu'Eurodisney, me semble un grenier bourré de trucs éteints. Rien à foutre de la vie, puisque la mort existe. Ce qui vient après la mort me fait peur. Il n'y a peut-être rien : c'est encore plus effrayant. Aussi effrayant que Dieu, qui est tout-puissant. Que la souffrance et le chagrin. Que la maladie de Beatrice. Que la solitude. Que ce putain de blanc…

Je téléphone à Niko. Il joue au foot, et je n'en ai pas le droit. Alors j'appelle Silvia. Elle n'est pas chez elle. Son portable est éteint. Je lui envoie un message : « Appelle-moi dès que possible. »

Silvia, tu pourrais me caresser la joue comme l'autre jour ? J'ai peur, Silvia. J'ai la trouille de tout. J'ai peur de ne rien faire de bon dans la vie. J'ai peur que Beatrice meure. J'ai peur de n'avoir personne à qui téléphoner. J'ai peur que tu m'abandonnes.

Ma chambre est peuplée d'objets muets. Personne à qui parler. Les bouquins sont muets : le Rêveur n'est pas là pour me les expliquer ou me faire croire qu'ils pourraient me plaire. Les BD sont muettes, malgré leurs couleurs. La stéréo est muette, parce que je n'ai pas envie de l'allumer. Mon PC est muet : l'écran est assez profond pour contenir le monde, mais vu de profil, ce n'est qu'un écran plat. Comment arrive-t-il à contenir tout ce monde, toute cette mer ? Je veux résister. Aujourd'hui, la tristesse entre dans ma chambre par vagues. J'essaie de la repousser avec une éponge. C'est risible. Je résiste quelques minutes, puis ma peur grandit et je coule dans un océan de solitude.

Je flotte dans un désert blanc : une énorme, immense pièce blanche insonorisée, dont on ne distingue même pas les arêtes. Où le haut, le bas, la droite et la gauche se confondent… Je crie, mais la chambre engloutit tous les sons. Des mots déjà pourris s'échappent de ma bouche.

Silvia, appelle-moi, s'il te plaît.

Je me réveille à 4 heures du matin. Si j'ai moins peur, c'est tout simplement parce que je suis nase. J'ai abordé une île inconnue. Je cherche un truc qui me permettra de survivre. Les posters de ma chambre me regardent. Je vois la lettre. Il faut que je l'apporte à Beatrice. J'ai deux problèmes. Elle est froissée, on dirait le brouillon du brouillon de mes rédactions. Il faut la réécrire, mais j'en suis incapable avec la main gauche.

Second problème : je ne sais pas si Beatrice est chez elle ou à l'hôpital. Pour le premier problème, il n'y a qu'une solution : Silvia. Je lui dicterai la lettre et elle l'écrira. Je le sais, ce n'est pas la même chose, ce n'est pas mon écriture, mais Silvia a une belle écriture, plus belle que la mienne. Quant au second problème… la solution est simple : Silvia !

J'exagère peut-être ? Silvia appellera Beatrice pour lui demander où elle est. J'apporterai la lettre à Beatrice et, peut-être, lui parlerai. Oui, je lui parlerai, il faut que je lui parle. Il faut que je lui raconte mon rêve. Quand elle comprendra que le rêve est nécessaire, que le rêve est notre destin, elle guérira : les rêves guérissent toutes les maladies, toutes les souffrances. Les rêves colorent tout ce qui est blanc.

Je vais chez Silvia.

La mère de Silvia est une femme qui ne se cache pas derrière des apparences. Elle me plaît. Silvia lui ressemble plus qu'à son père, un type silencieux et, sous certains aspects, énigmatique. La mère de Silvia est super : elle s'intéresse vraiment à moi. Je le comprends à ses questions.

« Tu recommenceras bientôt à jouer de la musique ?

— Il me tarde… »

Elle m'interroge sur les détails. C'est le signe qu'elle se soucie de ce que j'éprouve. Les détails. Les détails : une façon d'aimer vraiment. La mère de Silvia me plaît. Si je pouvais choisir une mère, après la mienne, c'est elle que je choisirais.

La chambre de Silvia sent la lavande. C'est le nom des fleurs qu'elle a placées dans un bol, sur la table basse, au milieu de la pièce. Il n'y a pas de posters aux murs comme chez moi. Mais des photos. Photos de Silvia enfant avec ses parents, avec son frère cadet, en primaire pendant une représentation, habillée en Fée bleue. Elle est la Fée bleue, et je suis Pinocchio. Elle est peut-être sortie de ce livre.

Chaque mur est dominé par un de ses tableaux : un voilier suspendu dans un ciel très clair, presque blanc, qui se confond avec une mer laiteuse ; une forêt aux arbres filiformes – des bouleaux, m'a-t-elle dit – qu'elle a vue pendant un voyage en Suède ; un champ de tulipes rouges sur un ciel bleu, presque violet, souvenir de Hollande. J'aime les tableaux de Silvia. On peut s'y reposer. On peut voyager dedans.

« J'ai besoin de ton aide pour écrire, Silvia.

— À condition que tu me joues une chanson le jour où tu seras guéri. »

Je lui adresse un clin d'œil en claquant la langue contre mon palais, une de mes spécialités.

« Laquelle ?

— Ma préférée.

— C'est-à-dire ?

— *Aria* de Gianna Nannini.

— Connais pas… »

Silvia est surprise : elle met les mains devant ses yeux et secoue la tête d'une manière théâtrale.

« Il faudra que tu l'apprennes.

— Tu ne peux pas te contenter de *Talk*, de Coldplay ?

— C'est ça ou rien », dit-elle l'air faussement vexé. Elle continue, un sourire dans les yeux : « Qu'est-ce que je dois écrire ? La rédaction sur Dante ou le devoir sur la cellule ?

— Une lettre…

— Une lettre ? On ne nous a pas donné de lettre à écrire…

— … à Beatrice. »

Silvia ouvre un tiroir et y plonge la main, le visage couvert par ses cheveux. Elle met un peu de temps pour trouver du papier et un stylo. Elle se redresse.

« Pardon… voilà, je suis prête. »

La lettre précédente ne me plaît plus. Du temps a passé depuis que je l'ai rédigée, et les mots ne me semblent plus adaptés. Avant de commencer, Silvia me regarde droit dans les yeux. J'essaie de me concentrer. En vain. Je ne trouve pas les mots à dire à Beatrice. Si je n'ai plus de mots pour elle, c'est la fin.

Jusqu'à présent, les seuls mots que j'ai écrits librement – étant donné que les autres, ceux du lycée, ne me paraissent pas vrais – sont ceux de ma lettre à Beatrice. Maintenant que j'y réfléchis, c'était la première fois, la première fois que les mots écrivaient mon âme noir sur blanc. Oui, car l'âme est blanche. Pour se montrer, elle doit devenir noire comme l'encre. Quand elle est noire, on la reconnaît, on la lit, la regarde comme on se regarde dans la glace. Puis on l'offre.

Chère Beatrice,

Je t'écris cette lettre…

Mon âme commence à jaillir. Silvia lui prête son écriture, ce qui lui donne un air plus élégant, plus subtil, plus doux et plus sage…

… pour que mes mots puissent te tenir compagnie. J'aimerais te parler, mais j'ai peur de te fatiguer, j'ai peur d'avoir peur de te voir souffrir. Donc je t'écris. C'est la seconde lettre que je t'écris, la première est restée dans ma poche. Oui, j'ai eu un accident et j'ai été hospitalisé. Maintenant que je suis rétabli, j'ai décidé de t'écrire de nouveau, même si j'ai un bras dans le plâtre et le cou d'un robot. Beatrice, comment vas-tu ? Tu es fatiguée ? Je le pense. J'ai donné mon sang pour toi. Je sais que tu en avais besoin et je crois que tu guériras grâce à mon sang. J'en suis certain. D'après

Gandalf, le sang donné guérit. D'après lui, le Christ a guéri les gens du péché en donnant son sang. C'est une histoire bizarre, d'autant plus que ce sang n'est jamais entré dans mes veines. De toute façon, j'aime cette idée et j'espère que mon sang te permettra de guérir. Si tu as mon sang, tu découvriras une chose importante. En passant dans ton cœur, il le caressera et lui racontera mon rêve. Le rêve que j'ai. Les rêves font des gens ce qu'ils sont. Ils les grandissent.

Silvia s'interrompt. Elle me demande si cette histoire de sang ne risque pas de blesser Beatrice, qui en a sans doute marre des aiguilles, des hôpitaux et du sang. Silvia a toujours raison. Elle comprend mes doutes avant et mieux que moi. On dirait qu'elle regarde le monde avec mes yeux. Éliminons l'histoire du sang.

Beatrice, je ferais n'importe quoi pour que tu guérisses. J'ai donné mon sang pour toi. J'espère qu'il te sera utile. Beatrice, j'ai un rêve. Dans ce rêve, tu es présente et moi aussi. Voilà pourquoi tu guériras : les rêves se réalisent quand on y croit vraiment. Tu es sans doute fatiguée et tu as maigri, tu as peut-être honte de te montrer aux autres. Sache que ça ne me gêne pas. Tu es toujours aussi belle. Je suis sûr que tu iras mieux. Si ça te va, je viendrai te voir bientôt et on parlera. J'ai un million de choses à te dire et à te raconter, même si tu les connais sans doute. De toute façon, si tu es fatiguée et que tu n'as pas envie de parler, nous pourrons garder le silence. Il me suffit d'être à tes côtés.

Ma voix se brise : un instant, l'image de Beatrice mourante balaie tous ces mots, l'image de Beatrice qui ferme les yeux et ne les rouvre plus. Alors le monde autour de moi s'assombrit. La lumière s'éteint. L'ampoule grille. Si les yeux de Beatrice ne regardent pas les choses, les choses sont éteintes. J'ai toujours eu peur du noir, mais je ne l'ai jamais dit à personne, car j'en ai honte. Silvia pose l'index sous mon œil et écrase la larme que j'ai essayé de retenir.

« Silvia, j'ai encore peur du noir. »

Je ne sais pas pourquoi j'ai dit cette connerie qui ferait rire jusqu'aux têtes en pierre de l'île de Pâques… Silvia garde le silence. Elle me caresse la joue. Je lui rends sa caresse. Sa peau n'est pas de la peau : elle est Silvia. Elle écrit sur la lettre : « Leo. »

Jamais je n'aurais pu l'écrire comme ça. On dirait que c'est moi. Sans Silvia, je ne serais personne, mon âme resterait blanche. Et le blanc est la leucémie de la vie.

Silvia me donne l'adresse de l'hôpital où se trouve Beatrice. C'est un autre hôpital, car le traitement a changé. La chimio dure plus longtemps, à moins qu'on doive préparer Beatrice à une opération.

Je suis chez moi. Je prends une douche cyclopéenne. Je verse du déodorant sur le moindre centimètre carré de ma peau. Je me regarde pendant trois quarts d'heure dans la glace. Je ne suis pas satisfait de mon aspect. Il faut que je sois évident, pour Beatrice. Il faut qu'elle comprenne tout de suite qui je suis. J'essaie toutes les combinaisons possibles de couleurs et de vêtements, mais je continue d'hésiter. Il y a un truc qui cloche.

Ma mère m'ordonne de quitter la salle de bains et d'arrêter de faire des cochonneries. Pourquoi les adultes ne comprennent jamais rien ? Que savent-ils de nos pensées ? Ils sont persuadés qu'elles renferment uniquement ce qu'ils ne peuvent plus faire. Puis ils se plaignent quand on ne leur demande pas conseil. *Tu es toujours enfermé dans ta chambre, je ne te reconnais plus, tu étais un petit garçon si gentil…* La réponse est toujours la même : *ne t'inquiète pas, ça passera.* Enfermé dans la salle de bains, je me change encore et encore. S'habiller avec un bras enrayé est une épreuve. Mais je préfère ça à mourir de honte pendant que ma mère boutonne ma chemise et en profite pour m'embrasser, me dire que je suis beau… Peut-être une chemise. Peut-être un polo et un sweat-shirt… Je téléphone à Niko.

« Mets une chemise, tu l'impressionneras. »

Merci, Niko, tu as raison, tu m'as sauvé. Niko a toujours les bonnes solutions, les bonnes recettes, même s'il ignore tout des situations. J'aimerais être comme lui, avoir des points de repère clairs sur la façon de m'habiller à chaque occasion.

Mais il ne m'a même pas demandé de quelle fille il s'agissait.

Je suis prêt. La nuit est tombée, mais j'ai de la lumière en moi : la lettre écrite par Silvia. Je n'espère pas parler directement à Beatrice. C'est une des raisons pour lesquelles je me suis habillé le mieux possible : mon image doit suffire à lui faire comprendre que je l'aime. Après quoi je lui remettrai la lettre.

À l'hôpital, une infirmière me demande où je vais. Je réponds que je rends visite à une copine.

« Quel est son nom ? » lance-t-elle avec un air soupçonneux.

Je réponds « Beatrice » en la regardant droit dans les yeux. L'infirmière maigre, modèle épouvantail, ne sait pas de quoi je suis capable. Je lui tourne le dos. Connasse. Je cherche Beatrice. Je ne la trouve pas. Non, je ne la trouve pas. Au bout d'une heure, j'erre encore.

J'ai tout vu. J'ai visité le musée de la souffrance baignant dans l'odeur d'alcool typique des hôpitaux couleur vert vomi. Un malade sourit alors que j'entre par erreur dans sa chambre. Un vieillard se met en rogne. Il m'envoie paître et je lui réponds du tac au tac. En sortant, je tombe sur l'infirmière épouvantail qui me lance un regard de travers. Je baisse les yeux.

« Chambre 405, dit-elle d'une voix satisfaite en croisant les bras comme si c'était un reproche.

— Comment vous avez fait ?

— Il n'y a qu'une seule Beatrice dans l'ordinateur. »

Je lui souris. Je lui envoie un baiser de la main et lui cligne de l'œil.

« De l'autre côté ! crie-t-elle en secouant la tête. Quatrième étage. »

Je grimpe les marches à toute allure. Je grimpe parce que Beatrice est là et que je veux la rejoindre. Chaque marche me rapproche du paradis, comme pour Dante dans la *Divine Comédie*. La porte est entrouverte. Je la pousse tout doucement.

Il n'y a qu'un seul lit dans la chambre sombre. Sur cet immense rectangle blanc, une silhouette minuscule, recroquevillée. J'avance. Ce n'est pas Beatrice. Ce n'est pas Beatrice. Cette débile d'infirmière s'est trompée de chambre, elle m'a envoyé je ne sais où. Avant de sortir, j'observe la malade. C'est une petite fille. Au début, j'ai cru qu'il s'agissait d'un garçon. Elle a le visage creusé. La peau incolore, d'une pâleur presque transparente. Le bras violet près de l'aiguille plantée dans son poignet. Mais elle dort tranquillement. Elle n'a pas de cheveux. On dirait une petite martienne, recroquevillée comme un bébé dans le ventre de sa mère. On dirait qu'elle sourit en dormant.

Sur la table de nuit, un livre, une bouteille d'eau, un bracelet en perles bleues et orange, un de ces coquillages qui renferment le bruit de la mer et une photo. Une photo de cette gamine dans les bras de sa mère. Sur la photo, l'inscription « Je suis toujours avec toi, n'aie pas peur, ma petite Beatrice ». Cette gamine a les cheveux roux.

C'est Beatrice.

Silence.

Il est minuit. Je suis assis à l'endroit où je m'assieds quand le monde ne tourne pas rond. Un endroit avec bouton incorporé, pour aller à la chanson précédente. On le presse et le monde s'améliore. On le presse et le problème non seulement disparaît, mais n'a jamais existé. Bref, un des endroits qui n'existent pas. Cet endroit, c'est un banc au bord de l'eau. Un endroit que je suis le seul à connaître. Avec Silvia.

J'ai la tête entre les mains, pour autant que ce soit possible avec un bras dans le plâtre… je n'ai pas arrêté de chialer depuis que je me suis enfui. Oui, parce que je me suis enfui devant mon rêve. Mon rêve torturé. Je serre entre les doigts ma lettre à Beatrice écrite par Silvia, trempée de larmes. Je la déchire avec mes dents et ma main en bon état. J'abandonne les morceaux au courant. Il y a là mon âme noire. Mon âme écrite.

Maintenant les morceaux de mon âme se noient dans le courant, chacun pour soi. Personne ne pourra les réunir, personne. Je me noie dans chacun de ces bouts de papier. Je me noie un million de fois. Mon âme n'existe plus, le courant l'a emportée. Je veux rester seul. En silence. Portable éteint. Je veux que le monde entier souffre parce qu'il ne sait pas où je suis. Je veux que le monde entier se sente seul et abandonné, comme moi à présent. Sans Beatrice qui est en train de mourir, chauve. Sans Beatrice qui ne s'en sort pas. Je n'ai même pas reconnu la deuxième moitié de mon rêve. J'ai fui la fille que je voulais protéger jusqu'à la fin de ma vie. Je suis un lâche.

Je n'existe pas.

Dieu n'existe pas.

Je me réveille en sursaut. Heureux. Ce n'était qu'un rêve. Beatrice va bien. Elle a les cheveux roux. Et elle est un vrai rêve, mon rêve. Dieu existe encore, même si je ne crois pas en lui, ça n'y change rien. J'entends une voix :

« Leo ? »

Je ne reconnais pas ce visage. Je ne suis pas dans mon lit. Jack Sparrow, sur le mur, ne pose pas sur moi ses yeux hallucinés, et je crève de froid. Je suis sur un banc. Devant moi se tient Silvia en compagnie d'un carabinier. Ça oui, c'est un rêve. Je fixe le vide.

« Ça va ? » m'interroge Silvia, les yeux bouffis de sommeil et peut-être de larmes. Je ne comprends pas.

« Non. »

Le flic parle dans un truc que l'obscurité m'empêche de distinguer.

« Trouvé. »

Silvia s'assied à côté de moi, glisse un bras sur mes épaules et me dit avec douceur :

« On rentre à la maison. »

Je regarde l'eau noire du fleuve, où les phares se reflètent comme des poissons prisonniers. Telle est mon âme à présent. De nombreux poissons de papier envolés. Prisonniers de l'eau. Ils ne reviendront plus. Et le mot « maison » est identique aux autres, voire pire : je me demande ce qui m'attend. Je pose la tête sur l'épaule de Silvia et fonds en larmes parce que je suis méchant.

Je ne veux pas jouer de la guitare. Je ne veux pas manger. Je ne veux pas parler. Je suis puni. C'est juste, je le mérite. Mon père et ma mère étaient désespérés quand je suis rentré : les yeux cernés, le visage décomposé. Je ne les avais jamais vus comme ça. À cause de moi. Il était 4 heures du matin. Malgré tout, j'ai obtenu ce que je désirais. J'ai enfin compris comment me protéger contre le scorpion qu'est la réalité. La haine est le seul moyen d'être plus venimeux que lui. Une haine rapide, comme le feu qui dévore la page et la paille, une haine qui brûle tout ce qu'elle touche et qui s'exalte. La méchanceté. La solitude. Le feu. Le fer.

Voilà la solution. Détruire et résister.

Cinq heures de cours. Cinq heures de guerre. J'ai envoyé bouler Massaroni-peau-de-chien quand elle m'a demandé ce que je fabriquais avec mon portable. Elle note un truc sur le registre. J'ai également séché le cours d'anglais et personne ne l'a remarqué. J'ai battu mon record de *Snake* durant l'heure de philo, pendant que le Rêveur parlait du type selon qui la mort n'existe pas : quand on est vivant, la mort n'existe pas, et quand on est mort on est mort, donc elle n'existe toujours pas.

Une connerie colossale, encore une fois. Avant, Beatrice était vivante, maintenant elle meurt. Comme disait le poète, « c'est en vivant que la mort se purge ». Je trouvais ça débile, mais c'est vrai. Beatrice est méconnaissable. Ou plutôt, je ne l'ai pas reconnue. Ma mort empoisonne toutes les choses de la vie. La philo est inutile. Le T9 ne connaît pas le mot « Dieu », CQFD Dieu n'existe pas. *Snake* est le seul moyen de ne pas y penser.

Soudain le Rêveur ouvre son sac habituel, d'où il tire n'importe quel bouquin, comme de la culotte d'Iga Biva. Parfois, il ne s'en sert même pas, il l'abandonne sur son bureau. Pour lui, dit-il, les livres sont un bout de maison : il se sent chez lui là où ils sont. Les livres… quelle connerie ! Toutes ces pages bourrées d'histoires et de rêves ne valent pas le numéro de la chambre d'hôpital où Beatrice n'est plus qu'une gamine retournant dans le ventre de la terre : engloutie.

Le Rêveur lit des lettres qu'ont écrites des Résistants avant d'être exécutés, un truc hors-programme. Je ne sais pas comment il fait, il a toujours un truc à dire qui vous tombe dans les oreilles. J'aimerais qu'il me foute la paix. Si je l'écoute, c'est parce que je ne peux pas m'en empêcher, vu qu'il est impossible de fermer ses oreilles comme ses yeux. Mais je ne crois pas un seul de ses mots. Qu'il aille se faire voir. Il lit :

« 4 août 1944 – Papa et maman, je meurs emporté par la ténébreuse tempête de la haine, moi qui n'ai voulu vivre que pour l'amour. Dieu est amour, et Dieu ne meurt pas. L'Amour ne meurt pas… »

Le Rêveur marque une pause.

« Quelle connerie ! »

Je me soulève comme le feu, brûlant les rêves de papier et les mots de paille. Mes mots se ruent sur le prof, poing clouté d'un guerrier de la nuit. Les élèves tournent vers moi des yeux inutiles au lieu d'accueillir, bouche bée, la première vérité jamais prononcée au lycée. J'aimerais tous les cramer, à l'exception de Silvia. Le Rêveur prend un air incrédule. Je le défie :

« Quelle connerie ! »

Voyons voir comment tu vas réagir face à une personne qui a le courage de dire ce qu'il en est et de détruire ton château de cartes littéraire. Il garde le silence. On dirait qu'il ne trouve pas ses mots. Puis il demande d'une voix calme :

« Qui es-tu pour juger la vie de cet homme ? »

Je réponds du tac au tac : il a jeté de l'essence sur mon feu :

« Ce ne sont que des illusions. La vie est une boîte vide que nous remplissons de conneries pour vous faire plaisir, mais il suffit de peu, et pouf… » D'un geste, je mime une bulle de savon qui éclate. « On se retrouve sans rien. Cet homme s'est persuadé que mourir pour une cause qu'il croyait juste a donné un sens à sa vie. Tant mieux pour lui. Ce n'est qu'une façade pour faire passer la pilule. La boîte reste vide. »

Le Rêveur me dévisage un instant puis me lance, tranquille et lapidaire :

« Quelle connerie ! »

La sienne contre la mienne. En tout cas, on reste dans la connerie. Mais il m'a blessé. Je prends mon sac à dos et sors sans lui laisser le temps d'ajouter quoi que ce soit. Le feu brûle et détruit. Il ne revient pas s'expliquer. Qu'on me renvoie, qu'on me fasse redoubler, je m'en fous complètement. Personne n'est capable de justifier ce qui se passe, et s'il en est ainsi, pourquoi devrais-je m'appliquer à travailler ? Je suis seul et fort pour la première fois. Je suis feu et je brûlerai le monde entier. Inutile de téléphoner à Niko, il ne pigerait pas. Inutile de téléphoner à Silvia, je n'en ai plus besoin.

L'image de la gamine chauve, l'ombre pâle de Beatrice, me donne envie de jurer. De jurer encore et encore, avec force. Maintenant, je me sens mieux. C'est la preuve que Dieu existe. Quand on s'en prend au Père Noël, on ne se sent pas mieux. À Dieu, oui.

L'incendie s'apaise. Je suis sans forces, vidé. Autour de moi, poussière, cendres, obscurité. Je me perds sur Internet : la solution à tous les problèmes. On y trouve versions, rédactions, films, chansons, calendriers de filles super canon. Je tape deux mots sur Google : mort et Dieu. Ensemble. Sans séparation. Ensemble. Je tombe sur la page d'un philosophe dénommé Nietzsche qui a déclaré que Dieu est mort. On le savait déjà : sur la croix. La seconde page affirme le contraire : Dieu a ressuscité en vainquant la mort et en libérant les hommes de la mort. Encore une connerie.

Beatrice meurt, et on ne peut rien y faire. Cette fois, Internet s'est planté sur toute la ligne. Je me fiche pas mal qu'elle ressuscite. Je la veux ici et maintenant, je veux vivre avec elle jusqu'à la fin de mes jours, caresser ses cheveux roux et son visage, regarder ses yeux et rire avec elle, la faire rire et parler, parler, parler sans rien dire mais en disant tout. La mort est un problème qui ne me concerne plus. Pour l'instant, je dois m'occuper de la vie. Et comme cette vie est courte, fragile, il faut que je la rallonge et que je la renforce, que je la remplisse et la rende indestructible. Aussi dure que le fer.

Message de Silvia : « On bosse ensemble ? » Moi, je ne bosse plus. Inutile. Je réponds : « Non, pardon… » Silvia réplique immédiatement : « Peur de koi ? » Peur de quoi ? ? ? Quel est le rapport ? Silvia déconne, elle aussi. Je contrôle mon message : j'ai écrit par mégarde « peur » au lieu de « pardon ». J'écris la vérité : « De tout. »

Silence. Un silence à perdre la tête, un silence à arracher ses vêtements et à crier, à poil sur le balcon, qu'on en a ras les couilles. Je ne suis pas en fer, je suis en feu, je ne suis personne.

Message de Silvia : « RV dans 1/4 h au parking. » Je réponds oui par une sonnerie. Mais je n'y vais pas, je l'abandonne à la solitude qui est la mienne. Je suis un lâche, j'ai le visage inondé des larmes les plus amères que je connaisse : 90 pour cent de sel de solitude, 10 pour cent d'eau.

Un chagrin si épais qu'on peut flotter dessus sans avoir besoin de nager.

Le soir.

Noir dehors, blanc dedans. Je me sens coupable. Je me suis vengé sur la seule personne qui n'a rien à voir avec cette histoire et qui veut m'aider. Silvia garde le silence. Je l'imagine sur le banc, abandonnée, levant ses yeux bleus sur les passants qui approchent. Je vais encore plus mal. Je lui écris un nouveau message : « Pardon. À demain. » Silence blanc. Je recherche la solitude, et quand je me noie dans son blanc, sans appui, j'ai la trouille. Pourquoi ? Je veux qu'on me lance une bouée, mais je ne fais rien pour l'attraper. Pourquoi ? Il est possible que je distingue un jour mes dons, mes rêves, mais serai-je capable de jouer un autre rôle que celui du naufragé refusant toute aide ? Je vais sortir Terminator.

Pour le silence, c'est parfait.

Toute la nuit, j'ai cherché des excuses à présenter à Silvia. Ma cuirasse en fer s'est ramollie en quelques heures. Je ne vaux rien.

J'entre au lycée en fouillant la foule du regard. Je croise enfin les yeux de Silvia : des yeux de verre où je ne parviens à distinguer que moi-même. Pas elle qui tourne la tête de l'autre côté comme si je n'avais pas d'importance. Ce regard raté me refoule dans la multitude, je replonge dans le néant blanc des parfaits inconnus.

Je poursuis Silvia. Je l'attrape par le bras avec plus de force que je ne le voudrais. C'est la première fois. Elle se dégage de mon étreinte, le visage tordu par la déception :

« Je croyais avoir un copain. Laisse-moi tranquille ! Tu ne sais faire qu'une seule chose : demander de l'aide. Tu te fiches complètement des autres. »

Elle s'éloigne sans me donner le temps de répliquer. Je lui emboîte le pas dans la foule des pantalons taille basse, me heurtant à deux ou trois énergumènes qui me balancent un coup de pied dans les fesses.

« Fait chier. »

Je la vois s'engager dans le couloir des toilettes. Sans m'en rendre compte, j'entre à mon tour dans cet endroit rempli de filles qui se maquillent, qui fument et comparent la marque de leurs jeans. Elles me lancent un regard abasourdi tandis que Silvia s'enferme dans une cabine.

« Qu'est-ce que tu fous ici ? » me demande une brune dont les yeux en amande nagent dans une mer de violet.

Je lui réponds : « Il faut… il faut que je parle à une fille », comme s'il n'y avait rien de plus normal au monde.

« Attends-la dehors. Et puis laisse tomber, elle est trop mignonne pour un minable de ton espèce. »

Rires. Ces mots me repoussent, comme la bave sur les dents d'un chien enragé. Je recule et m'effondre dans un gouffre caché. Il n'y a pas de parachute dans le puits sans fond de l'abandon.

« Qu'est-ce que tu fiches là ? »

Naturellement, cette voix appartient au proviseur qui me crie de l'accompagner dans son bureau. D'abord la fuite loin de Beatrice, puis le lapin tendu à Silvia, et maintenant la réputation de voyeur. En l'espace de quarante-huit heures j'ai découvert l'existence des nuances de noir. Je viens d'en traverser trois en direction de l'obscurité totale… dommage que ce ne soit pas la fin d'un film tragique, mais juste le début.

Convoqués par le proviseur, mes parents sont persuadés que je n'arrive pas à réprimer les obsessions hormonales de l'adolescence et que je m'introduis avec violence dans les toilettes des filles. Mon père murmure :

« Sois-en certain, tes os ne sont plus que la poussière de ton ombre. »

On m'expulse pendant trois jours et me menace d'une mauvaise note de conduite, synonyme de redoublement. Je survole la punition imposée par mes parents : confiscation immédiate de ma Playstation jusqu'à la fin de l'année et suppression de mon argent de poche. Ce n'est rien face aux rires et aux regards des filles :

« Tiens, le cochon ! »

« Minable ! »

Rien, par rapport aux insultes des garçons :

« Espèce de pédé. Tes toilettes, on les reconnaît à la silhouette sans jupe. On pourrait y ajouter une baguette pour que tu te rappelles ce que tu as entre les jambes ! »

Comment quitter ce manège de l'horreur ? Comment devenir l'homme invisible ?

Je passe une journée entière à contempler les mains du guitariste de Green Day sur le poster qui recouvre la porte de ma chambre. Je commence à lui lancer dessus une balle de tennis. À force, je fais un trou dans le poster et rends le guitariste manchot.

J'attends deux choses :

que quelqu'un me sauve, ou simplement que le monde prenne fin en cet instant précis.

La seconde est plus facile que la première.

Téléphone. Niko.
« On a gagné, Pirate ! Le prochain match est décisif pour la finale… Le Vandale en fait dans son froc ! »

Je raccroche. J'espère que mon lit m'engloutira sans m'avoir mâché.

Interphone. L'interphone sonne. C'est pour moi. Qui ça peut être, à 21 heures ? Silvia. Sûrement Silvia, qui a cédé aux vingt-trois messages que je lui ai envoyés aujourd'hui, regrettant chaque fois le précédent.

« Descends. »

C'est elle.

« Maman, je descends une seconde. C'est Silvia. »

Je descends. Silvia n'est pas là. J'étais tellement convaincu que c'était elle que j'ai dû m'imaginer sa voix. C'est le Rêveur. Merde. Il ne manquait plus que ça. Il est certainement venu me dire, lui aussi, *tu es un malhonnête sans caractère.*

« Bonjour, m'sieur, qu'est-ce que j'ai fait ? » dis-je, les yeux fixés sur un point vague à la hauteur de son épaule gauche.

Il sourit.

« J'ai décidé de te rendre visite. Je me disais que tu avais peut-être envie de poursuivre notre conversation. »

Voilà, je le savais. Les profs restent des profs jusqu'à la mort. Ils se croient obligés de venir vous faire cours en bas de chez vous.

« M'sieur, laissons tomber. »

J'ignore par où commencer. Je voudrais que ça finisse vite, comme chaque fois qu'un truc me déplaît. Tu changes de chaîne et la scène disparaît. Effacée, évanouie, anéantie.

« Allons manger une glace. »

Il me sourit. Il a dit une *glace*. Les profs mangent des glaces. Oui, les profs mangent des glaces et se salissent la bouche comme tout le monde. Ce sont deux découvertes à ne pas oublier, je les écrirai peut-être un de ces jours. À propos :

« Votre blog est bien. Parfois un peu trop philosophique, mais je le lis quand je peux. »

Il me remercie sans cesser de manger sa glace à la pistache et au café – parfums chiants typiques des profs. On dirait Terminator quand il lèche mes tennis.

« Alors que t'est-il arrivé, l'autre jour ? »

Je savais qu'il ne lâcherait pas prise. Les profs sont comme des boas : ils s'enroulent autour de toi quand tu es distrait, attendent que tu souffles et serrent, ils serrent à chaque souffle jusqu'à ce que tu ne puisses plus gonfler la cage thoracique et meures par asphyxie.

« Qu'est-ce que ça peut vous faire, m'sieur ? »

Le Rêveur plonge son regard dans le mien. J'ai du mal à le soutenir.

« Tu avais peut-être besoin d'un coup de main, d'un conseil. »

Je garde le silence. Les yeux fixés sur l'asphalte, comme si chaque centimètre carré de bitume était devenu intéressant. Une partie de moi-même n'attend que ça : elle veut sortir de sa tanière, mais elle se défend, elle a peur de se montrer telle qu'elle est. Car pour sortir, elle devrait mouiller l'autre partie, celle du type aux cheveux ébouriffés et au regard rusé, elle devrait la mouiller avec une belle dose d'eau et de sel sous forme de larmes. Je préfère garder les yeux baissés, de crainte que ce type ne jaillisse comme le dentifrice, en trop grande quantité et tout d'un coup.

Le Rêveur patiente. Il n'est pas pressé, lui, comme tous les gens qui vous font péter un plomb. Je lui rends la monnaie de sa pièce.

« Comment réagiriez-vous, m'sieur, si votre copine mourait ? »

Cette fois, je le dévisage. Il écarte sa glace. Il n'y avait peut-être jamais pensé. Il s'est peut-être vexé. Super. Il va peut-être commencer à comprendre, il va arrêter de me sortir ses théories. Il répond qu'il l'ignore, qu'il serait probablement incapable de supporter un tel fardeau.

Il l'ignore. C'est la première fois que le Rêveur ignore quelque chose. La première fois qu'il manque d'assurance, qu'il n'est pas aussi brillant que les vitrines du centre-ville à Noël. Il l'ignore.

« Voilà, m'sieur, c'est ce que je vis actuellement. Tout le reste me paraît une connerie. »

Le Rêveur lève les yeux au ciel.

« Beatrice. »

Il me demande s'il s'agit de la fille dont on parle au lycée : la fille atteinte de leucémie. Je baisse la tête, comme blessé par ses mots qui sont hélas la vérité : la fille atteinte de leucémie… Silence. Le silence des adultes est une des plus grandes victoires que je pouvais imaginer. C'est moi qui parle.

« Ce n'est pas vraiment ma copine, mais c'est tout comme. Vous voyez, m'sieur, quand je vous parlais de mon rêve, c'était d'elle que je parlais. Quelle que soit ma route, elle sera ma compagne, je le sais. Et si elle n'est pas sur cette route, je ne sais plus où aller. »

Le Rêveur pose la main sur mon épaule sans rien dire.

« À présent elle est pâle. Elle a perdu ses cheveux roux, les cheveux qui m'ont rendu amoureux. Je n'ai même pas eu le courage de lui parler. En la voyant dans cet état, je me suis enfui. Je me suis enfui lâchement. J'étais persuadé de l'aimer, j'étais persuadé que j'irais au bout du monde avec elle, j'étais prêt à tout, je lui ai même donné mon sang. Et une fois devant elle, je m'enfuis. Je ne l'aime pas. Quand on fuit, c'est qu'on n'aime pas vraiment. Elle était petite, sans défense, pâle, et je me suis enfui. Je me dégoûte. »

Mes derniers mots brisent le mur de béton armé qui s'était tout doucement élevé, de mon ventre jusqu'à ma gorge, se transformant en larmes aussi lourdes et douloureuses que des pierres. Je chiale, j'ignore quand ça m'arrivera de nouveau, même si je me sens un gigantesque débile.

La main du Rêveur pèse sur mon épaule. Je me sens con. Un garçon de seize ans qui pleure… Je chiale devant mon prof d'histoire et de philo, la bouche souillée de glace. Tant pis, c'est fait. La digue est entamée, un million de mètres cubes de chagrin se déverse sur le monde par ma faute, mais au moins ce chagrin ne touche plus que moi.

Après m'avoir laissé déborder pendant un quart d'heure (derrière le feu de la rage se dissimule au moins le double d'eau salée), le Rêveur brise le silence qui suit les pleurs, pareil au silence du sable après un violent orage.

« Je vais te raconter une histoire. »

Tout en prononçant ces mots, il me tend un mouchoir en papier (parfumé à la vanille…).

« Un ami à moi s'était disputé avec son père. Il l'aimait beaucoup, mais il avait perdu patience et l'avait envoyé paître. Le soir, à table, son père avait tenté de lui parler, mais il s'était levé et s'en était allé sans un mot. Il refusait même de l'écouter. Mon ami s'était cru fort. Il avait l'impression d'avoir gagné, d'avoir raison. Le lendemain, la place de son père à table était vide. Il avait eu un infarctus. Ils s'étaient quittés sans un mot. Mais comment mon ami aurait-il pu le savoir ? Depuis il ne cesse de se reprocher cette erreur, il en a honte, comme du pire des assassinats. Et tu sais pourquoi il ne se pardonnera jamais d'avoir repoussé la tentative de son père ? »

Je secoue la tête en reniflant.

« Dans un moment de colère, son père l'avait traité de crève-la-faim. Il lui avait dit qu'il avait choisi un métier de crève-la-faim, alors qu'il aurait pu travailler tranquillement dans son cabinet. Tu ne trouves pas que c'est une chose honteuse, un motif de fuite ? »

Il me faut un peu de temps pour briser le silence qui a suivi sa question.

« Comment votre ami a surmonté ça, m'sieur ? »

Le Rêveur donne un coup de pied rageur à une canette abandonnée sur le trottoir.

« En vivant avec. En prenant conscience de cet aspect de lui-même, mais en se promettant aussi de ne jamais rater une occasion de se réconcilier avec les gens. Il est toujours possible de faire quelque chose. »

Je me sens déjà mieux, moi qui aimerais, face à l'erreur, que la vie possède une touche « *rewind* ». La vie n'en a pas. La vie continue de toute façon, elle joue sa musique qu'on le veuille ou non, ne laissant qu'un seul choix : monter ou baisser le son. Il faut danser. Du mieux possible. Mais d'une certaine façon, j'ai moins peur maintenant.

« Nous sommes tous honteux de quelque chose, reprend le Rêveur, interrompant le cours de mes pensées. Nous avons tous fui, Leo. C'est ce qui fait de nous des hommes. Notre apparence n'est réelle que lorsque l'objet de notre honte est tatoué sur notre visage…

— M'sieur, vous pleurez ?

— Chaque fois que j'épluche des oignons. »

Sa réplique a beau être pitoyable, j'éclate de rire. Je renifle et parviens à ravaler mes larmes.

« Il est normal d'avoir peur. De même qu'il est normal de pleurer. Cela ne signifie pas qu'on est lâche. Être lâche, c'est faire semblant de rien, se tourner de l'autre côté. Se foutre de tout – *il a dit se foutre*. Bien sûr, tu as fui. Bien sûr, tu t'es mis en rogne contre tous et contre toi-même. Mais ça ne résout rien. Tu peux te mettre en rogne autant que tu veux… cela ne guérira pas Beatrice. J'ai lu un jour dans un livre que l'amour ne sert pas à nous rendre heureux, mais à nous montrer que nous sommes capables de supporter le chagrin.

— Je me suis enfui ! Moi qui devrais être capable de mourir pour qu'elle guérisse !

— Tu te trompes, Leo, la maturité n'apparaît pas dans le désir de mourir pour une noble cause, mais dans le désir de vivre humblement pour cette cause. Rends-la heureuse. »

Une partie de moi-même commence à sortir de la caverne. Une partie de moi-même qui se cachait là, blessée et avide d'aide, décide enfin d'affronter les dinosaures. Je passe en cet instant de l'âge de la pierre à l'âge du fer. Ce n'est pas un grand pas, mais au moins j'ai l'impression de posséder une arme aiguisée contre les dinosaures de la vie. Une impression plus forte que la cuirasse que je croyais m'être fabriquée avec ma rage. Ce nouveau moi qui colle à ma peau et la rend transparente, élastique, est une force différente.

« Il se fait tard, dit le Rêveur tandis que j'effectue un saut d'au moins deux mille ans sur l'échelle de l'évolution. Merci de m'avoir tenu compagnie, Leo. Et merci surtout de ce que tu m'as offert ce soir. »

Je ne comprends pas.

« Offrir son chagrin aux autres est le plus bel acte de confiance qui soit. Merci pour cette leçon, Leo. Aujourd'hui, c'était toi, le prof. »

Il me tourne le dos. Des épaules frêles mais fortes. Des épaules de père. J'aimerais lui courir après et lui demander qui est son ami, mais je me rends compte qu'il vaut mieux rester dans le vague… J'ai les yeux rouges, je suis épuisé, vidé, et malgré tout je suis l'adolescent le plus heureux de la Terre. J'ai un espoir. Je peux tout rattraper : Beatrice, Silvia, les copains, les cours… Parfois les mots de quelqu'un qui croit en toi suffisent à te remettre au monde. Je chante tout fort je ne sais quoi. Les gens qui me croisent me prennent pour un dingue, mais je m'en contrefous, je chante encore plus fort quand un passant me croise, pour l'obliger à se réjouir avec moi.

Alors que je rentre en chantant, le visage bouleversé par les pleurs, ma mère lance un regard intrigué à mon père, qui secoue la tête et soupire. Pourquoi les parents croient-ils que nous allons bien uniquement quand nous avons l'air normal ?

Un : Silvia. Cette fois, je lui rends visite moi-même, sans SMS à la con. J'y vais, l'inscription « Je suis un pauvre mec, pardonne-moi » tracée, ou plutôt tatouée sur mon visage.

Je fais un truc inédit : je lui achète un bouquet de fleurs. J'ai honte tout le temps que je passe à les choisir sous l'auvent du fleuriste, je n'y connais rien. Je finis par prendre des roses. En nombre impair, j'ai appris ça dans une revue de ma mère. J'achète trois roses blanches (seule exception à ma peur du blanc) et je vais en bas de chez elle. Je sonne à l'interphone. Sa mère, qui n'est probablement au courant de rien, m'ouvre. Ça s'annonce bien. Je monte.

J'entre dans la chambre. Des écouteurs dans les oreilles, Silvia ne m'a pas entendu. Elle lève la tête et découvre devant son nez les trois roses blanches qui lui demandent pardon. Elle est sidérée. Elle ôte ses écouteurs et me foudroie du regard, puis elle hume les fleurs. Ses yeux bleus sourient quand elle les pose de nouveau sur moi. Elle m'étreint et m'embrasse sur la joue. Ce n'est pas un baiser quelconque, c'est un baiser qui a plus de signification qu'un simple bonjour. Il a plus de chaleur, il reste collé à la peau. Je l'ai compris à la façon dont ses lèvres se sont attardées. Elle n'a pas prononcé un mot. Je me contente de dire : « Pardon. » Un pardon qu'il sera impossible de confondre avec « peur », même si j'éprouve ce sentiment. Je ne suis pas pressé ; en parlant, je ne me trompe pas. Mais Silvia a de l'affection pour moi, et elle ne risque pas de confondre les deux mots.

Je suis content, si content que les roses blanches me semblent teintes en rouge, comme celles d'*Alice au pays des merveilles*. Je chante en mon for intérieur « Peignons les roses en rouge, peignons les roses en rouge… » comme un gosse qui plonge dans une piscine de Nutella.

Je n'ai plus de plâtre au bras, mais j'ai l'impression d'en avoir un à la tête… mon cerveau est inerte. Voilà pourquoi je bosse avec Silvia. Grâce à elle, je vais rattraper les journées de travail perdues, je n'aimerais pas me gâcher l'été avec ces dettes. Silvia me rend fort. Je suis heureux. Mais quand je pense à Beatrice, je m'égare. Après m'avoir ramené sur Terre pour la énième fois, Silvia se lève et va chercher un cahier, un de ces journaux intimes que les filles tiennent.

Les filles nous surpassent dans ce domaine, Silvia me surpasse à coup sûr. Les filles écrivent les trucs importants dans leurs journaux. Elles y notent chaque découverte : ainsi, elles peuvent la relire et se la remémorer à n'importe quel moment.

J'ai un tas de trucs importants dont j'aimerais me souvenir, mais par paresse je ne les écris pas. Aussi je les oublie et je commets toujours les mêmes erreurs. C'est vrai, je n'ai pas envie de coller mes fesses à une chaise. Voilà ce que c'est d'être doué et de ne pas mettre ses dons en pratique. Avoir des fesses et ne jamais s'asseoir dessus… Il y a un tas de trucs que je n'aurais pas besoin de réapprendre si j'avais écrit tout ce que j'ai découvert. Plus qu'un journal intime, on pourrait en faire un roman. J'aimerais bien être écrivain, mais je ne sais pas comment m'y prendre et puis je me décourage tout de suite : je n'arrive jamais à trouver des intrigues. Silvia possède un de ces journaux qui permettent de se remémorer les choses. Elle l'ouvre et en tire une feuille de papier.

« Voici le brouillon de la lettre qu'on avait écrite pour Beatrice. »

Mon âme se recompose. Comme par miracle, les bouts de papier que le fleuve avait engloutis avec ma rage et ma lâcheté se retrouvent devant moi, réunis par Silvia qui a conservé ces mots.

« Pourquoi tu l'as gardée ? »

Silvia joue avec le bord de la feuille comme si elle la caressait. Sans me regarder, elle me dit que cette lettre lui plaisait, qu'elle aimait la relire et qu'elle aimerait que son copain lui adresse un jour une lettre aussi belle. Silvia plonge ses yeux dans les miens et, pour la première fois, je vois dedans.

Il y a deux façons de regarder le visage de quelqu'un. Une : regarder ses yeux en tant que partie de son visage. Deux, regarder ses yeux et c'est tout, comme s'ils étaient un visage. C'est un truc effrayant. Car les yeux sont la vie en miniature. Blancs autour, comme le néant dans lequel flotte la vie, l'iris coloré, comme la variété imprévisible qui la caractérise, pour plonger enfin dans le noir de la pupille qui engloutit tout, tel un puits sans couleur ni fond. C'est là que j'ai plongé en regardant Silvia, dans l'océan profond de sa vie, en y pénétrant et en la laissant, elle, entrer dans la mienne : les yeux. Mais je n'ai pas pu soutenir son regard.

« Si tu veux, on peut la réécrire. Tu l'apporteras ensuite à Beatrice. Je suis prête à t'accompagner. »

Silvia a réussi à lire dans mes pensées.

« Il n'y a pas d'autre moyen, pour moi », lui dis-je en souriant de toutes mes dents.

Après quoi, nous nous mettons à travailler. Quand Silvia explique, tout devient plus facile, la vie devient plus compréhensible.

Le Rêveur m'interroge. Je me suis préparé avec Silvia. Tout le monde s'attend à un duel sanglant après la polémique de l'autre jour, mais personne, à l'exception de Silvia, n'est au courant de la glace et du million de mètres cubes de larmes. Tout se passera bien. Maintenant, le Rêveur et moi, on est copains. Mais il me pose des questions très difficiles. Je réplique :

« Ce n'est pas dans le manuel. »

Il répond sans broncher :

« Et alors ? »

Je garde le silence. Il me dévisage et déclare qu'il me croyait plus intelligent. Mais je suis l'élève habituel qui répète tout par cœur et perd le nord à la première question sortant de l'ordinaire.

« Les réponses importantes sont écrites entre les lignes. Tu dois être en mesure de les lire ! »

Putain, qui tu es, Rêveur, pour me gâcher l'existence, croire tout savoir et penser que je m'intéresse à ta façon de voir les choses ? Tu es le seul à les voir comme ça. Et maintenant, arrête de me casser les couilles avec tes conneries et interroge-moi normalement. Je m'apprête à l'envoyer paître et à partir quand il me lance :

« Tu fuis ? »

Je repense à Beatrice, à mon départ de l'hôpital. Un truc se passe en moi. Soudain, l'homme que j'étais devenu il y a quelques jours resurgit de la caverne. Je réponds. Pas comme un gamin capricieux. Comme un homme. Pour la première fois de mon existence, j'obtiens 18 sur 20. Et cette note ne concerne pas l'histoire. Cette note concerne *mon* histoire, ma vie.

Beatrice est rentrée chez elle. La greffe de moelle s'est mal passée. Son cancer ne guérit pas, et son sang ne cesse de se transformer, il vire au blanc dans ses veines. J'ai lu qu'un des serpents les plus venimeux du monde est capable de te tuer dans des souffrances atroces. Son venin dissout les tissus des veines. Tu commences par saigner du nez, des oreilles, puis toutes les veines se liquéfient jusqu'à la mort.

Voilà ce qui arrive à Beatrice. Beatrice, la créature la plus merveilleuse qui existe sur la face de la Terre. Beatrice, qui n'a que dix-sept ans, et les cheveux roux les plus beaux dont l'histoire se souvienne. Beatrice, les deux fenêtres vertes les plus splendides de la galaxie. Beatrice, un être qui vit par sa beauté, pour illuminer le monde et l'améliorer par sa seule présence.

Beatrice est empoisonnée par ce maudit serpent blanc qui veut l'emporter. Pourquoi toute cette beauté gâchée ? Pour nous faire souffrir davantage. Beatrice, je t'en supplie, reste ici. Dieu, s'il te plaît, laisse-moi Beatrice. Autrement, le monde virera au blanc.

Et je resterai sans rêves.

Aujourd'hui, je dois revoir Niko. Le duel de hamburgers que nous avons fait un jour m'est revenu à l'esprit : celui d'entre nous qui mangeait le plus de McDo. Niko l'a emporté par treize contre douze. Après quoi, on a vomi tous les deux pendant trois heures. Je n'ai jamais été aussi malade de ma vie. Chaque fois qu'on mentionne cet épisode, on est mort de rire. Voilà pourquoi on ne prend plus que des nuggets au McDo.

Niko.

Si j'y ai repensé, c'est parce qu'il a lancé le duel des buts : celui, de nous, qui marquera le plus de buts durant le match d'aujourd'hui contre la troisième C, l'équipe « Vitamine C », élément dont ses membres auraient vraiment besoin… En gagnant ce match, on retrouvera la première place du classement et voguera bien tranquillement jusqu'à la finale du tournoi. Il n'y a qu'un petit problème, un problème insignifiant : je ne suis pas censé jouer au foot…

Dans ces cas, une solution s'impose : me changer en homme invisible. Radio allumée, porte fermée, pas feutré, fuite silencieuse vers le terrain de foot. Si mes parents me pincent, ça craindra. Cette fois, ce sont eux qui me casseront le bras et une jambe... mais au moins j'aurai joué le match, marqué un tas de buts et je me serai ressaisi dans le classement des buteurs. Il faut que je dépasse le Vandale.

Me voici donc, avec mes chaussures flambant neuves, qui caressent l'herbe de troisième génération comme si c'était la joue d'une fille. De nouveau en lice avec Niko. Il ignore ce qui m'est arrivé au cours de ces dernières semaines, je ne lui raconte pas tout comme à Silvia. C'est inutile. Il est possible que j'aie honte. Mais sur le terrain, on est les meilleurs. Petits, on voulait tous les deux ressembler aux jumeaux Derrick, les jumeaux de la catapulte infernale de « Holly et Benji », on n'avait ni l'un ni l'autre de frère jumeau. Quand on s'est rencontrés au lycée, on a compris qu'on était l'un pour l'autre le jumeau qu'on attendait. On n'a jamais appris à faire la catapulte infernale, mais on a essayé un jour : ça m'a valu un bleu apocalyptique, tandis que Niko a heurté le poteau de la tête.

Pour les passes, on arrive à trianguler encore mieux que Pythagore ne pouvait l'imaginer, avec son théorème. On gagne haut la main. Je marque cinq buts. On se retrouve à égalité avec l'équipe du Vandale, qui ne me précède que d'un but dans le classement des buteurs. Ça ne pouvait pas mieux se passer. Je me rhabille à toute vitesse pour rentrer chez moi sans être vu. Niko me retient.

« J'ai une copine. »

Il me le dit de but en blanc en ôtant le maillot des Pirates : la nouvelle se mêle donc à son odeur de sueur.

« Elle s'appelle Alice, elle est en troisième, section H. »

J'essaie de me remémorer les filles de troisième que je connais, mais aucune Alice ne me vient à l'esprit.

« Tu ne la connais pas. Ses parents sont des amis des miens, et je ne le savais pas. Un soir elle est venue dîner chez moi. »

Je suis curieux de savoir comment elle est.

« Un vrai canon. Grande, cheveux longs et noirs, yeux noirs. Elle fait de l'athlétisme, du sprint. Tu devrais la voir. Quand on se promène ensemble, tout le monde se retourne sur nous. »

Je n'arrive pas à me réjouir de cette nouvelle. Niko est trop occupé à penser à ses promenades avec cette bombe et à la victoire pour remarquer que je fais semblant de m'intéresser et d'être content. Il me catapulte dans la chambre d'hôpital où la fille la plus belle du monde est recroquevillée comme une gamine blessée. Le poison d'un serpent a englouti toute sa beauté qui non seulement ne sera pas pour moi, mais ne sera pas.

« Je suis content pour toi. »

Niko veut me présenter sa copine. J'accepte machinalement. Pourtant, j'espère ne jamais la rencontrer.

« T'as vu le nouveau Fifa ? Il faut absolument qu'on le craque. »

Je hoche la tête avec un sourire forcé, pendant que Niko est englouti par l'âge de la pierre et dans le pays des merveilles.

« Ouais… »

Je n'ai jamais été comme ça après une victoire de mon équipe.

« … c'est une question de vie et de mort…

— Hé, Leo, n'exagère pas ! Il ne s'agit que d'un jeu vidéo ! Bon, je file, Alice m'attend. À demain.

— À demain. »

J'ouvre la porte comme un voleur. Lentement.

Personne à l'horizon. J'entends de la musique à la radio. Je reconnais la voix de Vasco qui dit « *Voglio una vita spericolata, voglio una vita come quelle dei film* », « Je veux une vie de casse-cou, je veux une vie comme dans les films », ce qui me paraît une plaisanterie de mauvais goût. Je referme. Ma mère ne m'a pas entendu. C'est alors que Terminator se met à aboyer comme un fou : sa vessie gonfle chaque fois qu'il me voit devant la porte d'entrée. Ma mère apparaît immédiatement et me voit en survêtement, mon sac à dos sur les épaules, tandis que Terminator me tourne autour en aboyant.

« Qu'est-ce que tu fais ? Tu ne travaillais pas dans ta chambre ? »

Respire, Leo : pas d'erreur.

« Si, mais je me suis octroyé une pause. J'ai sorti Terminator… »

La seule excuse qui pouvait me sauver…

Ma mère me dévisage comme un flic pendant un interrogatoire, dans un film américain.

« Comment ça se fait que tu sentes mauvais ?

— J'en ai profité pour faire un peu de jogging. J'en ai marre de travailler… pardon, maman, j'aurais dû t'avertir plus tôt, mais Terminator craquait… tu le connais ! »

Le visage de ma mère se détend. Je file dans ma chambre, où Vasco hurle : « *Che se ne frega di tutto sììì* », « Qui se fiche de tout, ouiii », avant qu'elle puisse me démasquer et que Terminator démontre par les faits que personne n'a amené en promenade sa vessie incontinente…

Lundi. Il est 8 heures moins cinq. Une journée de cinq heures m'attend, avec un devoir d'anglais au milieu. Une sorte de gigantesque cheeseburger contenant une tranche de marbre. J'aperçois Niko en compagnie d'Alice qui, effectivement, ne passe pas inaperçue. Ils ne m'ont pas vu. Je n'ai pas envie de leur parler : ils sont trop heureux.

Je me cache derrière un groupe de troisième qui vérifie dans les journaux les résultats des joueurs avant de remplir une grille du loto sportif. Ces derniers temps, je m'intéresse moins au foot. Occupé par ce qui m'arrive, je n'ai pas le temps de regarder les émissions et les matchs de tous les championnats inventés sur la face d'un rectangle d'herbe.

L'image de Niko et d'Alice nageant dans le bonheur est trop dure à supporter ce matin, et cinq heures de torture risquent d'aggraver la situation. Je ressors et m'engage dans une rue latérale peu fréquentée, ce qui m'évitera de faire des rencontres en tout genre, du premier au troisième type. Pour une raison étrange, chaque fois que je sèche les cours, je tombe sur des gens que je n'avais pas rencontrés depuis des siècles, genre les copines de ma mère, avec qui, comme par hasard, elle doit prendre le thé dans l'après-midi.

Ton fils a beaucoup grandi, il est très beau garçon… je l'ai rencontré ce matin dans le parc, vers midi…

Tous les mecs sont *de beaux garçons* pour ses copines. En tout cas ma mère joue le jeu, elle fait semblant d'être fière du glandeur qui devrait avoir le cul vissé à une chaise de lycée à midi, au lieu d'être vautré sur le banc rouge d'un parc…

Stop aux branlettes mentales : les jeux sont faits et rendez à César ce qui appartient à César, comme le dit César, je crois. J'entends au loin la sonnerie qui retentit comme les cloches à un enterrement. Je ne veux pas mourir. Chaque pas qui m'éloigne du lycée ouvre sous mes pieds un abîme de peur et de transgression. Pourquoi est-il si difficile d'aller en classe ? Pourquoi accomplir certaines choses quand on s'applique à résoudre des problèmes vitaux ? Et pourquoi la prof d'anglais vient vers moi dans cette rue, la moins fréquentée du quartier ?

J'ai tout juste le temps de me jeter sur mes tennis en faisant semblant de les lacer derrière un tout-terrain offrant un abri suffisant ; du coin de l'œil, je vois la prof se dépêcher : elle est en retard et elle est trop occupée à fouiller son sac pour noter ma présence. Elle est partie ! Je soupire de soulagement. Un instant plus tard, je me rends compte que j'ai fait semblant de lacer mes chaussures sur la merde matinale et fumante d'un Terminator quelconque…

Jour de chance !

Quand on sèche au lycée, on a l'impression d'être un voleur. Et où les voleurs vont se réfugier après un coup ? Dans leur repaire. Mon repaire, c'est le banc rouge perdu au milieu du parc, près du fleuve – le banc de ma première nuit de clodo –, sous un arbre immense aux branches basses, tordues, qui ressemble à un parasol ayant un million de baleines.

Sur ce banc, j'ai conquis des millions de filles canon, résolu les problèmes les plus épineux de l'humanité, je suis devenu un super-héros masqué et j'ai dévoré des sacs entiers de chips saveur barbecue, mes préférées. Là, le temps s'écoule très rapidement, dépassant le cours placide du fleuve. Ce banc renferme le secret du temps, tous les rêves peuvent y devenir réalité.

Aujourd'hui, c'est le bon jour pour s'appliquer (je m'applique de temps en temps à ma façon) sur mon banc de bois, sous la protection de l'arbre-parasol. Je pose mon sac à dos dans un coin et m'allonge, les jambes repliées. Le ciel n'est bleu que par intermittence, des nuages blancs le traversent. Le bleu paraît encore plus vif. Mon regard se faufile parmi les branches et, mêlé à la couleur des feuilles ovales, atteint le ciel. Dans ce ciel, se dessine l'image de mon bonheur : Beatrice. Tu commences à t'intéresser au ciel le jour où tu tombes amoureux. Les nuages roussissent, ce sont les cheveux de Beatrice qui flottent sur des milliers de kilomètres, recouvrant le monde d'un manteau doux et frais.

Il faut que je sauve Beatrice, même si ça doit être mon dernier geste. Sur ce banc, les rêves se réalisent, et je m'endors donc dans le silence du parc, comme un clodo après une cuite. Si on disposait d'assez de temps et du bon banc, le bonheur serait garanti. Hélas, il a fallu que quelqu'un invente l'éducation obligatoire.

Un truc me frôle la jambe et m'arrache à ma torpeur. Je bondis en pensant qu'il s'agit d'une sauterelle tombée d'une branche. En réalité, c'est mon portable. Message : « La prof d'anglais prétend qu'elle t'a vu ce matin, et t'es pas en classe. D'après moi, t'es dans la merde. Giak. » Le salopard prend son pied. Je suis vraiment dans la merde ! Pourquoi il est si difficile d'être heureux, pourquoi il faut qu'on vous empêche de résoudre définitivement un problème quand on s'y est enfin décidé ? Pourquoi Silvia ne m'a pas écrit ? Maintenant c'est foutu.

Au Moyen Âge on transformerait mon banc en bûcher par dégoût des hérésies que je profère sur la vie. On m'y attacherait et me brûlerait sous ce ciel merveilleux en m'accusant d'être un lâche, un trouillard, un fuyard, un fainéant, un *tire-au-flanc.* Et mon rêve partirait en fumée. C'est justement pour ça qu'il faut que je le protège. Que je le protège du bûcher préparé par mes parents et les profs, par les envieux, les ennemis. Aujourd'hui le bois de ce banc a plus de valeur que celui de ma table de classe toute griffonnée.

Je n'ai pas séché les cours parce que je suis un *tire-au-flanc*, mais parce que j'ai d'abord à résoudre un problème plus important, celui du bonheur. Le Rêveur l'a dit, « l'amour ne sert pas à être heureux, mais à nous montrer que nous sommes capables de supporter le chagrin ».

Voilà, c'est exactement ce que je dirai à mes parents quand ils me placeront sur le bûcher d'une punition méritée. Je voulais juste aimer. Rien de plus. Je veux guérir de toutes les drogues : paresse, Playstation, YouTube, les Simpson… vous pouvez comprendre ?

Je tire mon canif de ma poche et me mets à graver machinalement un truc sur le tronc de l'arbre voisin. Mais je réfléchis aussi à ma prochaine manœuvre, une manœuvre destinée à faire échec et mat au destin, une manœuvre pour être heureux. De temps en temps, je regarde le ciel et mes doigts s'attardent sur les rides séculaires de cet arbre fort, solide, heureux dans le cœur de ce parc. C'est un arbre et il joue son rôle d'arbre, il plonge ses racines dans l'eau du fleuve et pousse. Il suit sa nature. Tel est le secret du bonheur : être soi-même, point barre. Faire ce qu'on est appelé à être. J'aimerais avoir la force de cet arbre, rêche et dur à l'extérieur, vivant et tendre à l'intérieur, là où coule la lymphe. Je n'ai pas le courage d'aller chez Beatrice. J'ai peur. J'ai honte. J'ai moi-même, et ça ne suffit pas, ça ne suffit jamais. Je continue à graver l'écorce.

« Qu'est-ce que tu fais ? »

Sans regarder le visage de la garde, je réponds : « Une recherche en sciences…

— Tu ne fais jamais tes devoirs de sciences ! »

Ce n'est pas la voix d'une garde. Je pivote.

« Silvia ? »

Elle me dévisage d'un regard que je ne lui connais pas. Silvia est très forte en classe, toujours préparée, toujours présente en cours sauf en cas de maladie grave, genre le scorbut ou la lèpre, jamais prise de la vague indisposition du thermomètre réchauffé sur le radiateur, comme moi… Silvia sèche les cours avec moi et à cause de moi. Silvia viendrait me chercher en enfer pour me rendre heureux. Silvia est un ange bleu. Je le savais. Ou alors c'est un ange à l'apparence de Silvia qui me punira avec son épée de feu d'avoir séché les cours.

« Alors ? On avait fait un pacte ! Il faut qu'on aille ensemble chez Beatrice. En te voyant filer ce matin, j'ai compris que tu venais ici. »

Je lui fais une place sur le banc où les rêves se réalisent.

« Toi aussi ? Tout le monde m'a vu ce matin. Est-ce que j'ai été engagé dans un reality-show sans que je le sache ? »

Silvia sourit. Puis elle tourne les yeux vers l'arbre : mon canif a gravé sur le tronc « B + L ». Un instant, son visage se contracte en une grimace. Puis elle dit :

« Et si on allait faire l'addition ? »

Silvia est la lymphe de mon courage, cachée mais bien vivante, elle me donne la force de dépasser mes limites. Je lui saisis la main.

« Allons-y. Il n'y aura pas de bûcher aujourd'hui. Rien que des rêves. »

Silvia prend un air de point d'interrogation.

« Rien, rien, juste une idée comme ça. »

En bas de chez Beatrice, je suis saisi par le syndrome des sauterelles : comme dans les *Blues Brothers*, n'importe quelle excuse est bonne pour me sauver. Mais Silvia est inflexible. Elle me presse la main. On monte. Quelqu'un nous a ouvert, et nous voici dans le salon, assis devant la femme rousse de l'hôpital et de la photo : la mère de Beatrice. Elle connaît Silvia, mais pas moi. Heureusement. Elle nous dit que Beatrice dort. Qu'elle est très fatiguée. Que ses forces ont diminué ces derniers temps.

Je lui parle de mon don de sang, de l'accident et du reste. La femme a la voix calme, le visage vieilli depuis la dernière fois : sa jeunesse semble être restée sur le papier photo. Elle nous propose une boisson. Comme d'habitude, j'hésite et finis par accepter. J'ai l'impression de voir en elle Beatrice adulte. Beatrice sera encore plus belle que sa mère, qui est une femme merveilleuse.

Elle quitte la pièce un moment et j'en profite pour mémoriser tous les objets de la pièce. Tout ce que Beatrice voit et touche chaque jour. Un vase en forme de verre, une rangée d'éléphants en pierre, un tableau représentant une marina étincelante, une table en verre où trône un bocal rempli de cailloux ovales iridescents. J'en prends un : il a toutes les nuances du bleu, de l'aube jusqu'à la nuit d'encre. Je le glisse dans ma poche, certain que Beatrice l'a touché. Silvia me foudroie du regard. La maîtresse de maison revient.

« Comment se fait-il que vous ne soyez pas au lycée aujourd'hui ? »

Silvia se tait. Je réponds :

« Le bonheur. »

La femme a l'air intrigué.

« Béatrice est le paradis pour Dante. Voilà pourquoi nous sommes venus la voir. »

Silvia pouffe. Je garde mon sérieux même si mes joues s'enflamment. Mais comme la mère de Beatrice rit à son tour, je l'imite. Jamais je ne me suis senti aussi ridicule et heureux à la fois. La femme sourit avec une douceur que j'ai rarement vue sur le visage d'un adulte, celui de ma mère excepté. Ses cheveux au cuivre tantôt lumineux, tantôt terne, sourient eux aussi. Elle se lève.

« Je vais appeler Beatrice. Nous allons voir comment elle est. »

Je suis pétrifié de terreur. Soudain je mesure la situation. Je suis chez Beatrice, je m'apprête à lui parler pour la première fois. Mes jambes tremblent, elles flottent comme un drapeau, et ma salive a disparu, me laissant une bouche semblable à un Sahara en miniature. J'avale une gorgée de Coca, mais ma langue reste aussi sèche que le bois de la cheminée.

« Venez. »

Je ne suis pas du tout prêt. Je me suis habillé au hasard. Je n'ai que moi et je crois que ça ne suffira pas. Je ne suffis jamais. Mais Silvia est là.

Je me trouve nez à nez avec le sourire de Beatrice. C'est un sourire las, mais vrai. Sa mère est sortie, refermant la porte derrière elle. Je m'assieds en face du lit, Silvia au pied. Beatrice a le crâne recouvert d'un duvet roux qui lui donne une allure de militaire, pourtant elle demeure un mix parfait de Nicole Kidman et Liv Tyler. Ses yeux verts sont verts. Ses traits tirés. Mais son visage est fin, paisible, avec ses pommettes douces, et ses yeux ont la même forme que ceux des elfes. Sa silhouette n'est autre qu'une promesse de bonheur.

« Salut Silvia, salut Leo. »

Elle connaît mon prénom ! Sa mère a dû le lui dire, à moins qu'elle n'ait reconnu en moi l'auteur des SMS. Elle doit penser que je la persécute, que je suis le minable qui tente sa chance avec des messages. Mais elle a prononcé mon prénom, et il a, sur ses lèvres, une allure royale. Silvia lui saisit la main et dit :

« Il voulait te voir, c'est un de mes copains. »

Je suis prêt à fondre en larmes de bonheur. Mes lèvres articulent toutes seules :

« Salut, Beatrice, comment ça va ? »

Quelle question à la con ! Comment veux-tu qu'elle aille, espèce de débile !

« Bien. Juste un peu fatiguée. Le traitement est pénible, il m'épuise, mais je vais bien. Je voulais te remercier de m'avoir donné ton sang. Ma mère m'a tout raconté. »

Il est donc vrai que mon sang nourrit les cheveux roux de Beatrice. Je suis heureux. Très heureux. C'est grâce à mon sang que ses cheveux roux repoussent. À mon amour rouge sang. J'en suis si persuadé que je laisse échapper une absurdité :

« Je suis heureux que mon sang puisse courir dans tes veines. »

Beatrice m'adresse un sourire qui ferait décongeler en un éclair un million de bâtonnets Findus. Mon cœur bat deux fois plus vite, si bien que mes oreilles s'échauffent. Quelle phrase idiote ! J'aimerais disparaître dans la pénombre de cette chambre que je n'ai pas encore regardée, étant entièrement concentré sur le visage de Beatrice, le centre de la circonférence de ma vie.

« Ne t'inquiète pas. Je suis heureuse d'avoir ton sang dans le cœur. Alors vous avez séché les cours pour me rendre visite… merci. Depuis que je ne vais plus au lycée, tout me semble si loin… »

Elle a raison. Comparé à l'expérience qu'elle vit, le lycée est une promenade de santé. Peut-on vraiment croire à seize ans que la vie, c'est le lycée, et que le lycée, c'est la vie ? Que l'enfer, ce sont les profs, et le paradis les jours de vacances ? Que les notes sont le jugement universel ? Que le monde a le diamètre de la cour du lycée ?

Ses yeux verts étincellent comme des feux dans la nuit, témoignant d'une vitalité intérieure très intense, pareille à une source de montagne, dissimulée, silencieuse, paisible.

« Il y a un tas de trucs que j'aimerais faire, mais je ne peux pas. Je suis trop faible, je me fatigue tout de suite. Je rêvais d'apprendre de nouvelles langues, de voyager, de jouer d'un instrument… Rien. Tout s'est brisé. Et mes cheveux… j'ai honte de me montrer comme ça. Maman a insisté pour que j'accepte de vous voir. J'ai perdu mes cheveux, ce que j'avais de plus beau. J'ai perdu mes rêves, comme mes cheveux. »

Je la regarde sans savoir que dire. Je suis devenu une goutte d'eau qui s'évapore sous le soleil d'août, et mes mots inutiles ne sont autres que le souffle qui se perd dans l'air. De fait, je déclare, aussi ponctuel et chiant que la sonnerie du lycée :

« Ils repousseront, comme tes rêves. L'un après l'autre. »

Elle sourit faiblement, ses lèvres tremblent.

« J'espère. De tout mon cœur. Mais mon cœur n'a pas l'air de vouloir guérir. Il ne cesse de pourrir. »

Une perle en forme de larme jaillit de son œil gauche. Silvia lui caresse le visage, écrase la larme comme une sœur. Puis elle quitte la pièce. Je reste en tête à tête avec Beatrice, qui ferme à demi les yeux, fatiguée et inquiétée par la réaction de Silvia.

« Je suis désolée. Il m'arrive d'employer des mots trop forts. »

Beatrice s'inquiète pour nous, alors que ce devrait être le contraire. Il faut que je lui confie le secret de sa guérison. Je suis ta guérison, Beatrice, et tu es la mienne. Quand nous le saurons tous les deux, quand nous serons d'accord, tout sera possible pour toujours. Je me concentre, décidé à lui dire que je l'aime, je m'élance comme si mon corps était une piste d'athlétisme, mais je me sens le dos au mur. Je t'aime, je t'aime, je t'aime. Juste quelques lettres, je peux y arriver. Beatrice s'aperçoit que j'hésite.

« Il ne faut pas avoir peur des mots. La maladie me l'a appris. Il faut appeler les choses par leur nom, sans peur. »

Voilà pourquoi je veux te dire, voilà pourquoi je m'apprête à te dire… voilà pourquoi je vais crier que je t'aime.

« Même si ce mot est mort. Je n'ai plus peur des mots, car je n'ai plus peur de la vérité. Quand ta vie est en jeu, tu ne peux pas te permettre de tourner autour du pot. »

Voilà pourquoi je dois lui dire la vérité, tout de suite. La vérité qui lui donnera la force de guérir.

« Il y a un truc que je voudrais te dire. »

Je ne sais pas d'où j'ai tiré cette phrase ou qui a eu le courage de la prononcer. J'ignore combien il y a de « Leo » en moi. Tôt ou tard, il faudra que je finisse par en choisir un. Ou alors je demanderai à Beatrice de choisir celui qu'elle préfère.

« Je t'écoute. »

Le Leo qui avait eu le courage de prononcer la première phrase s'est immédiatement caché. Il devrait dire maintenant « je t'aime ». Je le trouve tapi dans un coin sombre, les mains devant le visage, comme si un monstre risquait de l'assaillir. Allez, Leo, sors de là, comme le lion qui sort des broussailles. Rugis !

Silence.

Beatrice attend. Elle m'adresse un sourire d'encouragement et pose une main sur mon bras.

« Que se passe-t-il ? »

Ce contact se transforme en un flot de sang et de mots.

« Beatrice… je… Beatrice… je t'aime. »

Je suis sûr que j'ai l'air que je prends à chaque interro de maths, quand je procède par tentatives en espérant que la prof me fera comprendre d'un signe si je me trompe, ou pas. La main de Beatrice est posée sur la mienne comme un papillon. Elle ferme les yeux quelques instants et dit après une profonde respiration :

« C'est beau, Leo, mais tu n'as sans doute pas compris que je suis en train de mourir. »

Cet entassement de syllabes aussi pointues qu'un ouragan d'épées me laisse nu, blessé et sans défense.

« Ce n'est pas juste. »

Je prononce ces mots comme si je me réveillais en plein rêve, incapable de distinguer la réalité et la nuit. Je n'ai fait que murmurer, mais elle m'a entendu.

« Ce n'est pas une question de justice, Leo. C'est un fait, hélas. Le problème consiste juste à savoir si je suis prête ou pas. Avant, je ne l'étais pas. Maintenant, je le suis peut-être. »

Je ne la suis plus, je ne comprends pas ses paroles. Quelque chose se rebelle en moi et je ne veux pas écouter. Est-ce que mon rêve me ramène à la réalité ?

Le monde s'est renversé. Depuis quand les rêves montrent la réalité ? Une arme invisible me frappe et je suis incapable de me défendre.

« Tout l'amour que j'ai senti autour de moi, ces derniers mois, m'a changée, m'a permis de toucher Dieu. Je cesse peu à peu d'avoir peur, de pleurer, car je crois que je fermerai les yeux et me réveillerai près de lui. Et je n'aurai plus mal. »

Je ne la comprends pas. Elle me rend dingue. Quoi ?! Je gravis les montagnes, traverse les mers, me plonge dans le blanc jusqu'au cou, et elle me repousse ! Je me suis démené pour l'avoir et maintenant qu'elle est à portée de main je découvre qu'elle est très lointaine. Mes doigts se referment, mes cordes vocales se tendent.

Beatrice me prend les mains : les siennes sont chaudes et je fonds. Mes doigts pleins de vie les caressent comme si nous pouvions échanger nos âmes, ou comme si nos âmes n'avaient plus de frontières. Mais cela ne dure qu'un instant : elle lève les amarres, s'éloigne en direction d'un port inconnu.

« Merci d'être venu, Leo. Il faut que tu partes maintenant. Je suis désolée, mais je suis très fatiguée. J'aimerais que tu reviennes. Je te donne mon numéro de portable. Avertis-moi. Merci. »

Je suis tellement troublé et glacé que j'agis machinalement. Je fais semblant de rien : j'ai déjà son numéro. Quand elle me le dicte, je m'aperçois que ce n'est pas celui que Silvia m'a donné il y a quelque temps. Je ne peux pas poser de questions, mais je comprends pourquoi mes messages sont restés sans réponse. Ainsi, Beatrice ne voit pas en moi un minable, et son silence n'était pas volontaire ! J'ai encore de l'espoir. Silvia s'est peut-être trompée, elle avait peut-être un faux numéro, ou alors je l'ai mal recopié. J'ai aussi peu de mémoire pour les chiffres que ma grand-mère. Je me penche et dépose un baiser sur le front de Beatrice. Sa peau fine sent le savon : pas dolce-gabbana ou calvin-klein. Son parfum et c'est tout. Beatrice et c'est tout. Sans couvertures.

« Merci. »

Elle me laisse sur un sourire. Au moment où je me tourne vers la porte, je perçois dans mon dos un vertige blanc bien décidé à me mâcher et m'engloutir.

La mère de Beatrice me remercie et me dit que Silvia m'attend en bas. J'essaie de me montrer serein.

« Merci, madame. Si vous me le permettez, je reviendrai voir Beatrice. Si elle a besoin de quoi que ce soit, je suis à sa disposition, appelez-moi… le matin aussi. »

Elle rit.

« Tu es dégourdi, Leo. Je n'y manquerai pas. »

Dehors, Silvia attend, appuyée contre un réverbère, comme si elle voulait s'y fondre. Elle plante les yeux dans les miens, qui la distinguent mal, car ils flottent dans les larmes. Elle me prend la main. Aussi fragiles que des feuilles, on marche en silence pendant des heures, forts non de notre propre force, mais de la force à donner à l'autre.

À mon retour, je trouve ma mère assise dans le salon. Mon père se tient en face d'elle. Ils ont l'air de statues.

« Assieds-toi. »

Je mets mon sac à dos entre mes jambes pour me protéger de la fureur qui s'apprête à m'assaillir. Ma mère prend la parole.

« Le lycée a téléphoné. Tu risques d'être exclu et de perdre une année. À partir d'aujourd'hui et jusqu'à la fin des cours, toute sortie t'est interdite. »

Je regarde mon père pour comprendre s'il s'agit de l'habituelle bravade de ma mère, que suivent en général une série de négociations et qui se réduit à une diminution de mon argent de poche ou à l'interdiction de sortir un samedi. Mais il est mortellement sérieux. Fin du chapitre. Sans rien dire, je prends mon sac et monte dans ma chambre. Je m'en fiche pas mal. S'il le faut, je ferai le mur. Ils n'arriveront jamais à me boucler ici. Comment ils réagiront si je fais le mur ? Ils me puniront pendant un an ? Dans ce cas, je recommencerai jusqu'à ce qu'ils me punissent pour toute la vie, donc inutilement car toute la vie est une punition, et il serait insensé d'en superposer deux. Je m'allonge sur mon lit. Je fixe les yeux au plafond sur lequel se dessine, comme une fresque, le visage de Beatrice.

« Tu n'as sans doute pas compris. Je suis en train de mourir. »

Ces mots me perforent les veines, comme mille aiguilles. Je n'ai rien compris à la vie, à la souffrance, à la mort, à l'amour. Je croyais que l'amour l'emportait sur tout le reste. Une illusion. Dans cette comédie, on récite tous les mêmes répliques, avant d'être massacrés à la fin. Ce n'est pas une comédie, c'est un film d'horreur. Soudain, je m'aperçois que mon père est entré dans ma chambre. Il regarde à travers la fenêtre.

« Tu sais, Leo, il m'est arrivé une fois de sécher les cours. Le frère d'un camarade de classe avait reçu en cadeau une voiture décapotable, et on est allés l'essayer au bord de la mer. Je me rappelle encore le vent qui couvrait notre conversation hurlée et cette aiguille à moteur qui fendait l'air. La mer aussi. La liberté de la mer semblait être la nôtre. Nos camarades étaient tous enfermés entre les quatre murs du lycée, et nous, nous étions là, rapides et libres. Je me souviens encore de ce vaste horizon sans point de repères, où le soleil servait de limite à l'infini. Soudain j'ai compris une chose : ce qui compte, face à la liberté de la mer, ce n'est pas d'avoir un bateau, mais un endroit où aller, un port, un rêve qui vaille toute cette eau à traverser. »

Mon père s'interrompt comme s'il voyait à travers la fenêtre cet horizon et les lumières d'un port aussi lointain qu'un rêve.

« Si j'étais allé au lycée ce jour-là, Leo, je ne serais pas aujourd'hui l'homme que je suis devenu. C'est un jour où j'ai séché les cours que j'ai reçu les réponses dont j'avais besoin. Un jour où, pour la première fois, j'ai cherché ce que je voulais en courant le risque d'être puni… »

Il se peut que mon père se soit changé en Albus Dumbledore ou en Dr House. Un fait est certain, il a parfaitement compris mon état. Je n'arrive pas à le croire… Il a fallu que je fasse une connerie pour découvrir qui est mon père… C'est la première fois qu'il me parle de son passé. Au fond, je le connais depuis seize ans et je ne sais pas grand-chose de lui, presque rien d'important. J'ai envie de dire un truc, mais ce serait tellement lourd que ça me dégoûte. Heureusement, il continue :

« J'ignore pourquoi tu as séché les cours aujourd'hui. Tu mérites donc cette punition : elle fait partie du jeu qui consiste à prendre ses propres responsabilités. Je ne le sais pas et je ne veux pas le savoir. J'ai confiance en toi. »

Le monde est en train de changer. Si ça se trouve, il va se mettre à tourner dans le sens inverse, Homer Simpson va devenir un mari modèle et l'Inter va remporter la Ligue des Champions. Mon père dit des trucs incroyables. Ça ressemble à un film. Ce sont exactement les mots dont j'ai besoin. Je me demande pourquoi il ne les a pas prononcés plus tôt. La réponse arrive sans que j'aie à la formuler :

« Je comprends que tu es prêt à perdre une année pour ce à quoi tu tiens et je suis certain que ce ne sont pas des bêtises. »

Incroyable ! Il suffit de sécher les cours un jour pour que la vie passe du noir et blanc à la couleur. D'abord Beatrice, maintenant mon père. J'articule :

« De quelle punition tu as écopé ce jour-là ? »

Il se tourne vers moi et répond avec un sourire ironique : « Nous en reparlerons. J'ai deux ou trois astuces à t'apprendre pour t'éviter de commettre des erreurs d'amateur. »

Je lui rends son sourire. Un sourire d'homme à homme. Il sort. La porte s'est déjà refermée quand je trouve le courage de demander :

« Papa ? »

Il passe la tête à l'intérieur, genre escargot.

« J'aimerais juste sortir pour aller voir Beatrice. J'étais chez elle aujourd'hui. »

Je me prépare à son *Hors de question*. Il baisse les yeux un instant.

« Autorisation accordée, mais seulement pour ce motif. Autrement...

— Tu feras de moi la poussière de mon ombre, je sais, je sais. Et maman ?

— Je m'en occupe. »

J'attends une nouvelle fois que la porte soit refermée pour dire :

« Merci, papa. »

Je le répète. Les mots roulent sur le sol pendant que je regarde, allongé sur mon lit, le plafond blanc se changer en ciel étoilé. Mon sang bat dans mes veines et les enflamme. C'est la première fois que, après une punition, je n'ai de haine ni pour mes parents ni pour moi-même. La poussière de mon ombre est une poussière d'étoiles.

Deux mois de réclusion m'attendent, à l'exception de mes visites à Beatrice, que maman a acceptées comme clause de l'armistice. Je suis heureux, car la seule raison importante de sortir a été reconnue. J'inventerai une excuse pour le tournoi de foot… Et puis, l'avantage de cette punition, c'est que je finirai probablement par passer en première. Privé de distractions et de sorties, il ne me reste que peu d'occupations : bosser (surtout avec Silvia, qui s'applique, contrairement à moi), naviguer sur Internet (à horaires fixes depuis le pacte du 21 mars, jour de ma visite à Beatrice et de la punition qui en a résulté), lire des bouquins, ou plutôt lire un bouquin, celui que Silvia m'a prêté, *Quelqu'un avec qui courir*, un titre sympa même si l'intrigue parle d'un chien à sortir (une persécution !), jouer de la guitare (de temps en temps avec Niko, qui a quitté Alice entre-temps, ou plutôt qu'Alice a largué pour un autre) et, oui, observer les étoiles.

Observer les étoiles pour la simple raison que mon père m'a transmis sa passion de l'astronomie. Il connaît le nom de toutes les constellations, il est capable de reconnaître les étoiles en dessinant du bout de l'index d'invisibles toiles d'araignée argentées qui les unissent comme dans le jeu des points à relier.

Un jour, je m'en servirai avec Beatrice. Je veux lui montrer toutes les étoiles et inventer une constellation qui portera son nom. Quelle forme aura-t-elle ? Quelle forme ont les rêves ?

J'entre dans la chambre de Beatrice, ma guitare en bandoulière. J'ai l'impression d'être un de ces musiciens ambulants qui vont de voiture en voiture dans le métro et qui mendient un peu de bonheur.

Beatrice sourit : j'ai tenu ma promesse. Allongée sur le ventre, elle lit pendant que la stéréo fait rebondir sur les murs la voix d'Elisa qui s'échappe par l'entrebâillement de la fenêtre.

« On commence aujourd'hui ! lance-t-elle en souriant aussi de ses yeux verts, comme si on allait entreprendre un truc sans fin. Je veux apprendre à jouer cette chanson. »

Elle indique la stéréo d'un mouvement de la tête :

Ho aspettato a lungo
qualcosa che non c'è,
invece di guardare
il sole sorgere[1]*...*

1. J'ai longtemps attendu / une chose qui n'existe pas / au lieu de regarder / le soleil se lever.

« Tu as trouvé le bon prof de musique… Mais il faudra que je vienne tous les jours… »

Beatrice rit, le cœur dans les yeux, la tête renversée, en portant une main à sa bouche, comme si elle voulait réprimer un geste trop explicite par rapport à ses possibilités, elle qui pourrait tout se permettre.

« J'aimerais bien, Leo, mais je n'y arriverai pas… »

Je tire ma guitare de sa housse, comme si j'étais The Edge.

Je m'assieds au bord du lit, pendant que Beatrice se redresse. J'aimerais emprisonner le parfum de ses mouvements dans un enregistreur d'odeurs. J'installe ma guitare sur ses jambes et lui montre comment tenir le manche, qui paraît trop encombrant pour son corps faible. Mon bras la guide par-derrière ; ma bouche, si proche de son cou, se demande ce que mon cerveau attend pour lui ordonner de l'embrasser.

La chanson d'Elisa s'achève.

« Voilà, presse la corde sur le manche avec ton pouce, derrière, et pince-la de la main droite. »

Beatrice s'applique, mais le son qui s'échappe de la guitare est aussi sourd que celui de son corps sans forces. Son corps qui devrait remplir le monde d'une harmonie nouvelle, d'une symphonie illimitée, ne parvient à produire qu'une note laide. Je pose la main sur la sienne et appuie mon doigt délicatement. Nos mains se superposent.

« Comme ça. »

La corde vibre.

Mon corps permet à celui de Beatrice de jouer.

Elle me sourit comme si je lui avais montré un trésor enterré depuis des millénaires, alors que je me suis contenté de lui apprendre à pincer une corde.

Elle me tend la guitare, impatiente.

« Montre-moi. Comme ça, j'apprendrai plus vite. »

Elle s'assied un peu à l'écart et serre les genoux entre ses bras.

Je commence à jouer les accords de la chanson. Beatrice ferme les yeux.

« Pourquoi tu ne chantes pas ?

— Parce que je ne connais pas les paroles. » La vérité, c'est que j'ai peur de chanter faux.

La voix fragile de Beatrice s'élève, pareille à une source qui vient de jaillir.

E miracolosamente
non riesco a non sperare.
E se c'è un segreto
è fare tutto come se
vedessi solo il sole[1]...

Sa voix glisse sur mes doigts transformés en lit pour ce cours d'eau vocal. Sa voix remplit tous les recoins de sa chambre, y compris ceux que la lumière n'atteint jamais, et se répand dans la ville endormie, aveugle dans son va-et-vient gris, répétitif, adoucissant les arêtes de la vie quotidienne et les mâchoires contractées par la souffrance, la fatigue.

---

1. Et miraculeusement / je ne peux pas ne pas espérer. / S'il existe un secret, / il consiste à faire comme si / je ne voyais que le soleil.

Un segreto è
Fare tutto come se,
Fare tutto come se
Vedessi solo il sole,
Vedessi solo il sole…
E non qualcosa che non c'è[1]…

J'accompagne les derniers mots par un arpège.

Nous gardons le silence dans le silence qu'a fait naître la fin de la chanson : un silence double, au carré, où l'écho des paroles retentit comme une comptine qui a endormi les soucis inutiles et réveillé ce qui compte.

Beatrice ouvre les paupières et sourit : le vert de ses yeux, le roux de ses cheveux, l'or de son sourire sont les couleurs avec lesquelles le monde a été peint.

Puis, tout en souriant, elle pleure.

Le regard posé sur elle, je me demande pourquoi le chagrin et la joie pleurent de la même façon.

---

1. Le secret consiste à / agir comme si / je ne voyais que le soleil… / et non ce qui n'existe pas…

Les après-midi de travail avec Silvia, dans certains cas, sont le seul antidote au poison de la tristesse. On bosse. Parfois, un vers de Dante ou la citation d'un philosophe nous emportent loin. Je lui raconte mes visites à Beatrice. Je lui répète tout ce qu'on s'est dit, et ça me soulage : ces heures-là sont comme des pierres à digérer. Mais il est impossible de les digérer. Mes discussions avec Silvia agissent comme un enzyme. Elle m'écoute attentivement sans commenter. Son silence me suffit. Un jour, elle m'a demandé :

« Tu veux qu'on prie pour elle ? »

J'ai confiance en Silvia, j'accepte ce qui est bien à ses yeux. Ainsi, il nous arrive de réciter une prière :

« Dieu (j'ajoute en secret : *si tu existes*), guéris Beatrice. »

Ce n'est pas une prière extraordinaire, mais elle dit tout. Et si Dieu existe, il n'a pas besoin d'un flot de paroles. Il se réveillera peut-être de son sommeil millénaire et s'activera enfin pour un truc qui en vaut la peine. S'il n'existe pas, ces mots sont inutiles. Je ne l'ai jamais dit à Silvia, de crainte de la blesser, mais c'est le fond de ma pensée.

Beatrice. Je vais la voir toutes les semaines. Je n'ai pas de jour fixe : certains après-midi, elle est trop fatiguée. Il n'y a pas d'amélioration : depuis les dernières transfusions, son état est stationnaire. Sa mère ou elle m'envoient un message quand elle va mieux, et je me précipite chez elle en bus (depuis l'accident, mon scooter est mort, je ne crois pas qu'il se réincarnera, et puis, si l'assurance nous a remboursés, le pacte du 21 mars ne prévoit une éventuelle discussion sur l'achat possible d'un nouveau moyen de locomotion qu'une fois mon passage en première acquis).

J'essaie de distraire Beatrice. Mon objectif, en entrant dans sa chambre, est de lui offrir un bout de paradis (métaphoriquement parlant, puisque je ne crois pas au paradis), mais c'est moi qui trouve le paradis dans sa présence (alors le paradis existe peut-être, car des trucs aussi beaux ne peuvent pas prendre fin). Un jour, je lui ai apporté un CD et lui ai fait écouter ma chanson préférée.

« Tu me fais danser ? »

Elle me l'a demandé avec un filet de voix. Je n'arrive pas à le croire. Je soutiens son corps fragile dans la lumière de sa chambre, je l'aide à flotter lentement comme une bulle. Ses cheveux ont suffisamment repoussé pour dégager un parfum. Je serre sa main et sa vie : un verre de cristal susceptible de se briser à tout instant, y compris à cause du liquide rouge que je veux verser dedans.

Autrefois je rêvais de coucher avec elle. Cette pensée est loin de moi aujourd'hui, mais ça ne signifie pas que j'ai tourné pédé. Sous ses vêtements légers, son corps fait partie de moi, comme si notre peau ne savait plus quels os et quels muscles recouvrir. Son visage posé dans le creux de mon cou est la pièce manquante du puzzle incohérent de ma vie, la clef de tout, le centre de la circonférence. Ses jambes suivent mes pas, qui inventent la chorégraphie dessinée par la première danse d'un homme et d'une femme. Mon cœur semble battre partout, du gros orteil jusqu'à mon cheveu le plus au nord, et la force que je puise en moi pourrait recréer le monde entier dans cette pièce.

Beatrice ne parvient qu'à faire quelques pas. Elle s'effondre dans mes bras. Aussi légère qu'un flocon de neige. Je l'aide à se rallonger. J'éteins la stéréo. Elle me lance un regard reconnaissant avant de fermer les yeux, et je comprends soudain que j'ai tout ce qu'elle perd : des cheveux, le lycée, la danse, l'amitié, la famille, l'amour, les espérances, l'avenir, la vie… mais je ne sais pas ce que j'en fais.

Je n'arrive pas à travailler, et demain j'ai une interro de maths. Le regard vaincu de Beatrice me poursuit.

Je le vois derrière les lignes,
entre les lignes,
dans le blanc des lignes.

J'ai l'impression que mes sens m'ont abandonné pour développer une autre forme de perception : je dois vivre tout ce que Beatrice est en train de perdre non seulement pour moi, mais aussi pour elle. Je dois vivre deux fois. Beatrice aime les maths. J'ai décidé de m'y mettre, de m'y mettre sérieusement, car Beatrice regrette d'abandonner cette mystérieuse saleté.

Chez Beatrice, je me transforme en personnages : d'abord un prof de guitare, maintenant un prof de géo. Qui l'aurait cru ? Dire que je me suis toujours contenté d'associer aux noms des nations l'industrie métallurgique et sidérurgique, dont je ne saisis toujours pas la différence… Sans oublier les cultures de betterave à sucre, que je m'imagine bourrées de plantes où sont pendues les pochettes de sucre qu'on trouve au bar…

Je vais voir Beatrice et je l'emmène chaque fois dans une ville. Beatrice rêve de voyager. Quand elle sera guérie, elle parcourra le monde, en connaîtra les langues, en découvrira les secrets. Elle sait l'anglais et le français, elle veut apprendre le portugais, l'espagnol et le russe. Je me demande pourquoi le russe, avec son alphabet incompréhensible. Le grec ne lui suffit pas ?!

D'après elle, parler les langues des autres permet de mieux voir le monde. Chaque langue a un point de vue différent. Les Esquimaux, par exemple, possèdent quinze mots pour dire « neige », selon sa température, sa couleur, sa consistance, alors que pour moi il n'existe qu'une seule neige, à laquelle on ajoute un adjectif pour déterminer si on peut utiliser, ou non, un snowboard. Les Esquimaux voient quinze blancs différents dans le blanc que je vois, et ça me terrifie.

Je réunis du matériel en étudiant les usages et les coutumes de chaque ville ou nation, je me procure sur Internet les images des endroits les plus beaux, des monuments à ne pas rater, parfois liés à des histoires intéressantes. Je prépare un Power Point qu'on regarde sur l'ordinateur pendant que je fais semblant de conduire Beatrice dans ces rues comme si j'étais un guide touristique.

On a visité l'anneau d'or en Russie, protégés contre le froid par mille couches de laine ; on s'est reposé à l'ombre gigantesque du Christ qui domine Rio ; on a observé en silence le Taj Mahal, un bâtiment extraordinairement blanc posé sur du sable rose qu'un roi des Indes fit construire par amour pour sa femme ; on a plongé dans les eaux de la barrière de corail après être passés par l'Opéra de Sydney ; on a participé à la cérémonie du thé, peut-être le premier que je bois de toute mon existence, dans un coin inoubliable de Tokyo.

On a encore à naviguer sur le Danube, observer un geyser islandais, manger un *cannolo* sicilien au bord de la mer, prendre une photo en noir et blanc sur la Seine, se promener en admirant les artistes sur les Ramblas, embrasser la petite Sirène, voler la poussière de l'Acropole, acheter des fringues dans la Grande Pomme et les porter à Central Park, faire du vélo le long des canaux d'Amsterdam, en veillant à garder l'équilibre pour éviter de tomber à l'eau, avaler un caillou de Stonehenge, sauter sur le bord d'un fjord norvégien au risque de s'envoler, s'allonger sur un immense pré irlandais en pensant qu'il n'existe que deux couleurs au monde, le vert et le bleu… On a le monde entier à découvrir, à explorer, et la chambre de Beatrice se transforme en tous ces lieux grâce à nos promenades super-low-cost.

« Beatrice, où tu veux aller après ton bac ? »

Beatrice lève les yeux vers le plafond, un doigt sur le nez et la bouche, comme si elle cherchait une solution compliquée.

« J'aimerais aller sur la Lune.

— Sur la Lune ? Un tas de poussière blanche sans gravité, plongée dans le silence le plus sombre…

— Oui, mais on y trouve tout ce qui se perd sur Terre.

— Quoi ?

— Tu ne connais pas l'histoire d'Astolphe dans le *Roland Furieux* ? C'est un chevalier qui va récupérer la raison de Roland, fou d'amour, afin qu'il puisse retourner se battre. »

Je secoue la tête et je m'imagine comme un Leo furieux, qui a perdu la raison par amour.

« Tu l'étudieras. Mais ce n'est qu'imaginaire…, ajoute Beatrice, presque triste.

— Toi, qu'est-ce que tu irais récupérer ?

— Et toi ?

— Je ne sais pas, peut-être ma première guitare oubliée dans un hôtel de montagne. J'y étais attaché, j'avais appris à jouer dessus… Ou peut-être mon vieux scooter… je ne sais pas. Toi ?

— Le temps.
— Le temps ?
— Le temps que j'ai gaspillé…
— Gaspillé comment ?
— En faisant des trucs inutiles… Le temps que je n'ai pas utilisé pour les autres. J'aurais pu faire bien plus pour ma mère, pour mes amis…
— Tu as encore la vie devant toi, Beatrice.
— Ce n'est pas vrai, Leo, ma vie est derrière moi.
— Ne dis pas ça, tu ne le sais pas, tu peux encore guérir !
— Leo, l'opération a été un échec. »

Je garde le silence. Je n'arrive pas à imaginer le monde sans Beatrice. Je n'arrive pas à supporter le silence qui y régnerait. Toutes les villes à visiter disparaîtraient immédiatement, des beautés inutiles si j'étais seul. Tout perdrait sa signification, deviendrait blanc comme la Lune. L'amour est ce qui donne un sens aux choses.

Beatrice, si on avait comme les Esquimaux quinze manières de dire je t'aime, je les emploierais toutes.

Alors que je sors de chez Beatrice, la lumière du mois de mai me coule dessus, comme la douche après les matchs avec Niko. Quand je ferme le robinet, je suis déjà en bas de chez Silvia pour la redoutable révision d'italien avant l'interro sur tout le programme du second quadrimestre.

On travaille longtemps. À 23 heures, la mère de Silvia entre timidement dans la chambre et nous demande si on a envie de boire quelque chose. Pendant qu'on sirote un verre de Coca qui nous réveille un peu, Silvia me propose d'aller prendre l'air sur le balcon. La Voie lactée semble s'être astiquée pour l'occasion. J'indique à Silvia plusieurs constellations. Je lui répète ce que mon père m'a appris en ajoutant quelques détails fantaisistes… Je pointe l'index sur les étoiles, presque invisibles dans les lueurs de la ville, qui composent mes constellations préférées : Persée, Andromède et Pégase.

Je raconte à Silvia, qui suit mon doigt comme si je dessinais le ciel, l'histoire de Persée qui l'emporte sur Méduse dont le regard pétrifie, dont le sang engendre le cheval ailé, aussi blanc que l'écume : Pégase, flottant librement dans la Voie lactée. Persée qui se heurte à Andromède, prisonnière sur un rocher, dans l'attente qu'un monstre marin la dévore, et la libère. Il la libère du monstre.

« Grâce à mon père j'ai compris que le ciel n'est pas un écran. Je le voyais comme un téléviseur, avec des points colorés dispersés çà et là sur la surface. Si on le regarde bien, le ciel est aussi profond que la mer, on arrive presque à percevoir les distances qui séparent les étoiles. Notre petitesse est effrayante. Alors on remplit d'histoire cette crainte. Tu sais, Silvia, le ciel est bourré d'étoiles. Avant, je ne les voyais pas, maintenant je les lis comme dans un livre. Mon père m'a appris à voir les histoires, qui autrement s'enfuient, se cachent, se tendent comme les fils invisibles d'une trame… »

Silvia m'écoute en contemplant les points luminescents sur le fond uniforme. Près d'elle, l'odeur de la vie faiblit et les rues paraissent parfumées. Silvia a la paix dans le cœur. Elle sourit.

« Les gens ressemblent un peu aux étoiles. Ils peuvent briller au loin, mais ils brillent, ils ont toujours une histoire intéressante à raconter… Il faut du temps, parfois beaucoup de temps pour que leurs histoires atteignent notre cœur, comme la lumière atteint les yeux. Et puis il faut savoir raconter les histoires. Tu le fais bien, Leo, avec passion. Un jour tu seras peut-être astrophysicien ou écrivain…

— Un *astro* quoi ? Je ne suis pas fait pour prédire l'avenir…

— Imbécile ! Les astrophysiciens étudient le ciel, les étoiles, les orbites célestes.

— Ouais… j'aimerais bien. Mais à mon avis il faut être fort en maths. Trop fort. Même si la Voie lactée est un des rares trucs blancs qui ne me fichent pas la trouille.

— Pourquoi ?

— En réalité, ce blanc est fait d'innombrables petits points lumineux, liés entre eux… chacun de ces liens cache une histoire…

— Oui… les belles histoires sont les seules à mériter des constellations.

— Exact. Regarde comment Persée libère Andromède, et Pégase qui vole, blanc et libre…

— Il faut faire un effort d'imagination, mais… »

J'interromps Silvia dont les mots flottent dans l'air limpide et atteignent les étoiles qui semblent nous entendre :

« J'aimerais libérer Beatrice de ce monstre, comme Persée. Et m'enfuir avec elle sur un cheval ailé…

— Ça serait bien…

— D'après toi, je pourrais devenir écrivain ?

— Raconte-moi une histoire… »

Je fixe une étoile plus rouge que les autres, clignotante, et je me lance :

« Il était une fois une étoile, une jeune étoile. Comme toutes les jeunes étoiles, elle était petite et blanche. Elle avait l'air fragile, mais c'était l'effet de la lumière qu'elle dégageait : elle la rendait transparente, lumineuse. On l'appelait Naine parce qu'elle était petite. Blanche, parce qu'elle était lumineuse comme le lait : Naine-Blanche, Naine par simplicité. Elle aimait se promener dans le ciel et rencontrer d'autres étoiles. Au fil du temps, elle devint rouge et grande. Ce n'était plus Naine, mais Géante, Géante-Rouge. Toutes les étoiles lui enviaient sa beauté et ses rayons rouges, pareils à des cheveux infinis. Mais le secret de Géante-Rouge consistait à rester Naine en secret. Simple, lumineuse et pure comme Naine, même si elle apparaissait géante et rouge. Voilà pourquoi Naine-Rouge continue de clignoter dans le ciel, du blanc au rouge et vice-versa, parce qu'elle est deux étoiles à la fois. Il n'y en a pas de plus belle dans le Ciel. Et sur Terre. »

Je me tais. Mon histoire n'est pas une histoire. Il n'y a pas d'histoire, mais ce qu'une étoile lumineuse m'a soufflé. J'indique l'étoile.

« Je veux te dédier cette étoile, Silvia. »

Un sourire blanc et rouge éclaire son visage, miroir capable de refléter les lueurs de son étoile à des millions, peut-être à des milliards d'années-lumière.

Silvia pose la tête sur mon épaule et ferme les yeux. Je contemple Persée, Andromède, Pégase. Le ciel s'est changé en gigantesque écran de cinéma, prêt à projeter tous les films qu'on désire. Quelque chose de petit et lumineux se love dans un coin de mon cœur, comme le grain de sable qui se cache dans une huître pour se transformer en perle.

Les yeux de Silvia trahissent l'affection qu'elle ressent pour moi.

Les miens, celle que j'éprouve pour elle.

La prof d'italien m'interroge et me demande pourquoi je n'ai commencé à travailler que maintenant. Je regarde Silvia, qui secoue légèrement la tête, et ravale ma réponse, mais je sais qui je dois remercier. Un seul truc a cloché : les subjonctifs.

« Pourquoi fais-tu des erreurs dans les subjonctifs, Leo ? On dirait que tu le fais exprès. Tu te trompes même dans les plus simples… »

Je garde le silence une fois de plus en maudissant le jour où, pour être accepté par les copains en quatrième, j'ai abandonné le subjonctif que personne n'utilisait. Pour faire partie du groupe, on peut renoncer au subjonctif, mais pas pour parler italien. J'ai droit à 16, au lieu de 17.

À partir de demain, je me mets au subjonctif, que cela me plaise ou non. Voilà, je l'ai fait. J'aime ça, même s'il va falloir me corriger. Si je veux devenir écrivain, je dois apprendre à utiliser le subjonctif. Bien sûr, ce n'est pas nécessaire pour vivre, mais grâce à lui, on vit mieux : la vie se remplit de nuances et d'éventualités. Et moi, je n'ai qu'une vie.

Beatrice écrit son journal intime. Comme Silvia. Elle m'accueille avec un sourire et me demande de l'aider. Personne ne lit son journal, elle m'y autoriserait si j'écrivais pour elle.

« Si tu m'aides à écrire, je t'autoriserai à le lire », dit-elle, et j'ai l'impression de pénétrer dans la pièce qui renferme tous les secrets du monde.

Son journal a une couverture rouge et les pages sont blanches. Toutes blanches. Il ne pouvait rien m'arriver de pire.

« Beatrice, je ne sais pas écrire sur des pages blanches. Je risque de tout gâcher… »

Du doigt, j'indique ses lettres parfaitement alignées. En haut à droite, la date, puis les pensées dans une écriture raffinée, élégante, discrète. On dirait une robe blanche par une journée de printemps ventée. Je lis le paragraphe qu'elle écrit : « Cher Dieu… » Comment ça, « Cher Dieu » ?! Oui, « Cher Dieu ». Beatrice écrit des lettres à Dieu. Son journal est entièrement composé de brèves lettres à Dieu, dans lesquelles elle raconte ses journées, confie ses peurs, ses joies, ses chagrins, ses espoirs. Je relis à voix haute la dernière partie de la lettre d'aujourd'hui car elle me le demande, de façon à reprendre là où elle s'était arrêtée.

« … Aujourd'hui je suis vraiment fatiguée. J'ai du mal à t'écrire. Pourtant, j'ai tant de choses à te dire, mais le fait que tu les connaisses me réconforte. Malgré tout, j'aime t'en parler, cela m'aide à mieux les comprendre. Je me demande si je pourrai ravoir mes cheveux roux au ciel… si tu me les as faits roux, c'est parce qu'ils te plaisaient comme ça, pleins de vie. Dans ce cas, je les retrouverai peut-être. »

Ma voix est sur le point de se briser, mais j'arrive à me maîtriser.

« Alors continue, toi. Écrire me fatigue aujourd'hui, j'ai mal à la main. Heureusement tu m'as envoyé Leo, un de tes anges gardiens… »

C'est la première fois que je m'imagine en gardien et en ange. Ça ne me déplaît pas. Leo, l'ange gardien. Ça sonne bien. Pendant ce temps, Beatrice réfléchit. Elle pointe dans le vide ses yeux verts, pareils à des fonds marins oubliés, d'où un trésor antique va surgir. J'interromps son regard.

« Tu es heureuse, Beatrice ? »

Les yeux toujours dans le vide, elle me répond :

« Oui, je le suis. »

Quand je lève la tête, elle a plongé dans le sommeil. Je lui caresse la joue, et c'est comme si je caressais sa faiblesse. Elle ne sent rien. Elle dort. Je la regarde pendant une demi-heure sans rien dire. Ce faisant, je vois à travers, je devine un truc qui me fait peur, car je n'arrive pas à lui donner un nom. Je relis ce qu'on a écrit. Cette fois, c'est moi qui ai rendu visible l'âme de quelqu'un. L'âme de Beatrice avec mon écriture de travers qui penche vers le bas… toutes les phrases penchent vers le bas. Je m'en rends compte maintenant. Je ne sais pas écrire sur du blanc. On dirait que mes mots roulent le long d'une pente et se fracassent…

C'est alors que sa mère entre. Je sors. Elle dépose un baiser sur mon front. Ne sachant comment réagir, je la serre contre moi. Je comprends, à sa façon de me remercier, que c'était la bonne réaction. Depuis que j'essaie de vivre pour Beatrice j'invente un tas de bonnes choses. Ça aussi, c'est de l'amour, parce que ça me rend heureux : le secret du bonheur est un cœur amoureux. Aujourd'hui, je sors Terminator : je le ferais volontiers toute la vie. Beatrice ne peut pas, moi si. Ça aussi, c'est la vie.

Si Beatrice lui écrit, Dieu existe certainement.

Je suis retourné chez Beatrice. Je commençais à m'inquiéter, mais sa mère m'a envoyé un message. Je la trouve endormie, amaigrie, opaque. Les gouttes de la perfusion scandent les secondes. Elle ouvre les yeux. Son sourire vient de loin, comme chez les vieillards, il est mélancolique.

« Je suis crevée, mais contente de te voir. Je voulais écrire mon journal, mais je n'arrive pas à tenir le stylo. Je me sens stupide. »

Je tire une feuille de papier de ma poche et la place en cachette derrière la page blanche : c'est une feuille à lignes noires qui permet d'écrire droit. Quand je le veux, je m'applique ! J'écris ce que Beatrice me dicte. De temps en temps, elle s'interrompt, sa voix se brise, elle a du mal à respirer. Puis elle s'assoupit. J'attends en la regardant glisser dans le sommeil comme un bateau sans moteur, sans voile, sans rames, emporté par le courant. Elle rouvre les yeux.

« Je suis trop fatiguée… raconte-moi quelque chose, Leo. »

J'hésite. J'ai peur de la fatiguer avec mes bêtises. Je lui parle du lycée et de mes difficultés, de ce qui s'est passé cette année, du Rêveur, de Gandalf, de Niko et du tournoi de foot qu'on va gagner, nous les Pirates… Je lui parle de Silvia, de toutes les fois où elle m'a sauvé la mise, du jour où j'ai séché les cours et où elle m'a encouragé à venir ici… Beatrice m'interrompt soudain.

« Tes yeux brillent quand tu parles de Silvia, comme une étoile… »

Beatrice dit des phrases incroyables avec la simplicité d'un enfant qui réclame pour la énième fois un biscuit. Je garde le silence, comme s'il m'était impossible de me défendre contre une grande injustice. Je ne peux pas aimer Silvia, je ne peux et ne veux aimer que Beatrice, et c'est elle qui me dit que mes yeux brillent quand je parle de Silvia.

« Tu es déjà tombée amoureuse, Beatrice ? »

Elle dit oui avec un léger soupir. Je me rends compte qu'il ne vaut mieux pas poursuivre sur ce sujet, mais je sais qu'elle est la seule à posséder les bonnes réponses.

« C'était comment ?

— Comme une maison où retourner chaque fois que j'en avais envie. Un genre de plongée sous-marine. Sous l'eau, tout est inerte, immobile. Un silence absolu. La paix. Et parfois quand on remonte à la surface, on s'aperçoit que la mer est agitée. »

J'écoute en silence. Les mots que j'ai utilisés au cours de ma vie sont tous en rapport avec la rubrique « amour », même si le seul résultat que je trouve actuellement quand je cherche ce mot est la mention « voir Beatrice ». Tandis que je m'absorbe dans ces pensées inutiles, Beatrice s'enfonce dans une étrange torpeur, comme si elle s'éteignait d'un coup. Elle a peut-être seulement les yeux fermés, mais je comprends qu'il est temps de partir.

Silvia est bleue, elle n'est pas rouge. Et pourtant mes yeux brillent dans le bleu.

Quand on ne sait pas répondre à une question, il n'y a qu'une seule solution : Wikipedia. Mais Wikipedia ne dit pas s'il est possible que Silvia soit, pour moi, plus qu'une amie. Cette question me harcèle. Comme les cigales, je n'arrive pas à la chasser. J'essaie de la diviser en deux. Est-ce que Silvia m'aime ? Est-ce que j'aime Silvia ? Je fais au moins onze tests sur Facebook. Résultat évident : Silvia se conduit avec moi comme se conduisent les amoureux qui n'ont pas le courage de se déclarer. C'est mon tour. Mais je n'ai pas envie d'apprendre la réponse par un test. Le sujet est trop important. Il faut que je m'en rende compte tout seul.

« Silvia, on bosse ensemble ? J'ai besoin d'un coup de main avec les poètes grecs. »

Décidément, la poésie ne sert à rien, c'est juste une excuse pour tomber amoureux.

Pendant que Silvia répète la traduction de quelques vers difficiles de Sappho – « Toi dont le trône étincelle, ô immortelle Aphrodite » – je suis le mouvement de ses lèvres.

« … Et toi, bienheureuse, illuminant d'un sourire ton visage immortel, tu me demandais quelle était cette nouvelle souffrance, pourquoi j'avais de nouveau crié avec toi, quel désir brûlant travaillait mon cœur insensé… »

Je suis les vagues de ses cheveux noirs qui s'agitent au rythme des mots qu'elle prononce. Ailes d'une mouette qui s'abandonne au vent.

« … Viens à moi, délivre-moi de mes durs soucis, tout ce que désire mon âme, réalise-le, et sois toi-même mon soutien dans la bataille… »

Je contemple ses yeux bleus, pleins de vie et d'attention envers moi. Pour la seconde fois, je regarde *à l'intérieur* de ses yeux. Plongeon dans une mer bleue, calme et fraîche.

« Qu'est-ce que tu as, Leo ? »

Je m'arrache malgré moi au rêve dans lequel je me suis enfoncé.

« Tu as l'air distrait. Tu as les yeux luisants. Tu penses à Beatrice ? Faisons une pause… »

Je me réveille.

« Non, non, continue. Je t'écoute. »

Silvia a un sourire compréhensif.

« Bon, voici le passage que je préfère, celui de la pomme rouge. Concentre-toi : Ainsi qu'une pomme rouge se balance, parmi la verdure et les eaux du verger, à l'extrémité de l'arbre où souffle un frisson léger, ainsi qu'une pomme au gré du vent… Non, pas du vent, des brises. »

Pendant que Silvia répète et suit du doigt les mots grecs, je crois comprendre pour la première fois cette langue de morts.

J'ai appris ces vers par cœur et je les ai répétés jusqu'à ce que l'aube, que je ne connaissais pas, me surprenne amoureux, complètement rouge. Comment tromper Beatrice ? Comment atteindre Silvia, si parfaite ? C'est Beatrice qui m'a ouvert les yeux, c'est elle qui m'a aidé à regarder ce que je ne voyais pas. Silvia est le foyer. Silvia est la paix. Silvia est le port. Pourrai-je un jour t'atteindre, Silvia ?

Ce qui est nul, dans la vie, c'est que le mode d'emploi n'existe pas. Tu le suis, et si ton portable ne marche pas, tu as la garantie. Tu le rapportes et on t'en donne un nouveau. Avec la vie, c'est différent. Si elle ne marche pas, on ne te la remplace pas, il faut garder celle que tu as, sale et en mauvais état de fonctionnement. Et quand elle ne marche pas, tu perds l'appétit.

« Leo, tu n'as rien mangé. Ça ne va pas ? me demande ma mère, à qui rien n'échappe.

— Je ne sais pas, je n'ai pas faim.

— Qu'est-ce que ça veut dire "je ne sais pas". Soit ça va, soit ça ne va pas…

— J'ai l'impression de devoir faire un puzzle d'un million de pièces sans avoir l'image complète de ce qu'il représente. Il faut que je me débrouille tout seul.

— Mais c'est la vie, Leo. La vie, c'est toi qui la construis peu à peu en faisant des choix.

— Et quand on hésite ?

— Essaie de découvrir la vérité et choisis.

— Quelle est la vérité sur l'amour ? »

Ma mère garde le silence. Je le savais, il n'y a pas de réponse, pas de mode d'emploi.

« Cherche-la dans ton cœur. Les plus grandes vérités sont cachées, mais ça ne signifie pas qu'elles n'existent pas. Elles sont juste plus difficiles à débusquer.

— Et toi, qu'est-ce que tu as découvert au cours de ces années, maman ?

— Que l'amour ne veut pas avoir. L'amour veut juste aimer. »

Je recommence à manger pendant que ma mère lave les assiettes.

Mon portable est sur la table, près de mon verre. Je le prends et envoie un message à Silvia.

« Demain, ou plutôt aujourd'hui, à 5 heures sur le banc. Je veux te parler ! Question de vie ou de mort. »

J'arrive avec une demi-heure d'avance pour répéter mon discours. Un clodo s'approche. Généreux avec le monde car je m'apprête à déclarer mon amour à Silvia, je lui offre un euro, ou plutôt deux. Il me dit :

« Que Dieu te bénisse. »

À la vue de Silvia, je me demande comment j'ai pu être aveugle aussi longtemps. Elle m'avoue que c'est un endroit merveilleux et que chacun devrait avoir un coin de ce genre pour projeter ses rêves et révéler ses secrets. Je l'invite à s'asseoir avec autant d'égards que si c'était une reine. Alors que je me tords les mains en cherchant mes mots, elle m'arrête, l'air sérieux :

« Il faut d'abord que je te dise un truc, Leo. »

J'espère que c'est le même que moi. Comme ça, on gagnera du temps et on tombera dans les bras l'un de l'autre.

« Je ne peux plus garder ce secret qui me brise le cœur. »

On y est. Encore une fois, Silvia me sauve la mise.

« Si Beatrice n'a jamais répondu à tes messages, c'est parce que je ne t'ai jamais donné son numéro. »

Je dévisage Silvia comme si je venais de Mars et que je voyais pour la première fois un être humain. Soudain, la beauté de ses traits me paraît rigide, de papier mâché, un masque vide.

« Je sais, Leo, je regrette. C'est ma faute. »

Je ne comprends pas.

« Le jour où tu m'as demandé de te donner son numéro je me suis contentée de faire semblant. »

Je m'en souviens maintenant : quand Beatrice m'a dicté son numéro, je me suis rendu compte qu'il ne correspondait pas à celui que j'avais. Soudain, les mots d'amour que j'avais préparés s'évanouissent comme les « Je t'aime » écrits sur le sable, près de la mer. Ma voix se durcit comme de la glace.

« Pourquoi tu as fait ça ? »

Silvia ne répond pas.

« Pourquoi tu as fait ça, Silvia ? »

Ses larmes jaillissent.

« J'étais jalouse. Je voulais que tu me les envoies à moi, ces messages. Mais je n'ai jamais eu le courage de te le dire. J'ai gardé pendant des mois ta lettre à Beatrice en imaginant qu'elle était pour moi. J'étais terrifiée à l'idée de te perdre. Pardonne-moi. »

Je garde un silence blanc, semblable à celui de la Lune. Silvia a les yeux fixés sur le courant du fleuve, elle n'a pas le courage de les tourner vers moi. Je me lève et l'abandonne comme une parfaite étrangère. Silvia n'est plus personne pour moi. L'amour ne peut pas naître d'une trahison.

« Je veux t'oublier le plus vite possible. »

Je le répète entre les larmes. Et le truc qui s'était niché dans un coin de mon cœur l'autre soir se dessèche, se transforme en grain de sel qui fond dans les larmes et se perd définitivement.

J'en ai assez d'être trahi.

J'ai tant de chagrin dans la poitrine que je pourrais brûler le monde. Rester enfermé chez moi alimente ce feu, j'en ai marre. Je vais dans le bureau de mon père et le lui dis clairement.

« Assez, papa. J'ai compris. Putain ! Ça suffit maintenant ! »

Il me regarde sans rien dire. Je l'ai provoqué, j'ai été grossier, et il ne répond pas. C'est quoi, cette façon de réagir aux provocations ?

Je claque la porte et retourne dans ma chambre. Je monte le volume de la musique au point de faire trembler les vitres pour que tout le monde m'entende et que personne ne puisse me parler. Je veux m'enfermer dans une maison de bruit, car cette maison n'est pas la mienne. Terminator gémit. Il gémit quand il entend Linkin Park à fond la caisse et quand ma mère prépare du poulet aux poivrons. On dirait que ça réveille ses instincts primitifs ou des mauvais souvenirs de son enfance canine. Terminator est vraiment bizarre. Si je dois un jour me réincarner, j'espère que ce ne sera pas en lui. Je me demande qui il était dans une vie antérieure…

Je monte le son. Les paroles de *Numb* vont briser les verres. Soudain ma mère s'écrie :

« Leo, baisse ça ! Je n'arrive pas à parler au téléphone ! »

C'est justement mon intention, mais tu ne t'en rends pas compte et tu penses que j'aime écouter cette putain de musique à plein volume. Je m'en contrefous ! Je veux juste remplir de mon bruit ce monde aux oreilles bouchées.

Mon père pénètre dans ma chambre. Je baisse le son.

« Allons nous promener… »

Il m'a entendu. Mon père m'a entendu. Il a entendu ce que je disais vraiment.

Nous n'avons parlé de rien. Mais à côté de mon père, je suis presque calme, mes doutes sur tout et tout le monde s'apaisent. Mes blessures brûlent moins. Comment devient-on père ? Il faut lire un tas de bouquins, avoir au moins un enfant et autant de force que Dieu.

Je n'en serai jamais capable.

Allongés côte à côte, les yeux fermés, après cinq minutes de silence. C'est un jeu que m'a appris Beatrice. Le jeu du silence : fixer pendant quelques minutes, sans rien dire, les couleurs qui apparaissent sous ses paupières. Je triche de temps en temps, je la regarde en retenant ma respiration.

« N'ouvre pas les yeux, me dit-elle.

— Je ne les ouvre pas.

— Qu'est-ce que tu as vu ?

— Rien.

— Concentre-toi.

— Et toi, qu'est-ce que tu as vu ?

— Tout ce que j'ai.

— C'est de quelle couleur ?

— Rouge.

— C'est quoi ?

— L'amour que je reçois. L'amour est toujours une dette, voilà pourquoi il est rouge. »

Je ne comprends pas. Je ne suis pas à la hauteur de ce que dit Beatrice. Jamais.

« Et toi, Leo, qu'est-ce que tu as vu ?

— Blanc.

— Les yeux fermés ?

— Les yeux fermés.
— C'est quoi ?
— …
— Alors ?
— Tout ce que je n'ai pas. L'amour est toujours une créance qui ne sera pas remboursée…
— Arrête… » dit Beatrice en riant. Elle me donne un baiser sur la joue.
À partir d'aujourd'hui, je ne me lave plus la figure.

Pour une poignée de buts. C'est le moment des règlements de compte : le défi final contre le Vandale. Le match qui vaut la victoire au tournoi. On a un point de moins qu'eux. On ne peut que gagner. On doit gagner. L'enjeu est plus qu'une voiture : une vengeance pour le nez de Niko, le classement des buteurs, la fierté des Pirates. Je me sens plein de rage, d'une bonne rage. Cette rage qui se transforme en buts brûlants, en tacles rudes contre le Vandale.

On risque tout. Un an d'efforts. Si tu gagnes le tournoi, les filles te reconnaissent, tu deviens top. « Le Pirate. Le voici, c'est lui, le Pirate. Le capitaine des Pirates. » Je les entends déjà… J'aimerais que Beatrice me regarde jouer. Je veux lui dédier ce match, la victoire, mes buts, mon triomphe sur le Vandale. Maintenant, je n'ai qu'à me concentrer. Le match commence dans trente minutes, mais je suis prêt depuis trois heures. Niko vient me chercher en scooter.

Message. Sans doute Niko qui me demande de l'attendre en bas. « J'ai peur… je suis fatiguée, crevée. Je suis seule… Beatrice. »

Je l'appelle.

« Qu'est-ce qui se passe, Beatrice, qu'est-ce qui se passe ? »

Elle a la voix brisée, elle pleure, elle pleure comme je ne l'ai jamais entendue pleurer.

« J'arrive ! »

Je descends. Quand Niko se présente, je ne lui laisse pas le temps de réagir :

« Accompagne-moi. Tout de suite. Je vous rejoins plus tard, j'espère… »

Sans voix, Niko repart. Je le vois s'éloigner rapidement, son scooter a le bruit d'un ami qui s'en va pour toujours.

Et ce bruit me fait terriblement mal.

Beatrice ouvre ses yeux rouges et se dégage de mon étreinte.

« Merci d'être venu, aujourd'hui je n'aurais pas résisté toute seule…

— Qu'est-ce que tu veux dire ?

— J'ai peur.

— De quoi ?

— De tout perdre, d'échouer dans le néant, dans le silence, de disparaître, un point c'est tout, de ne plus avoir les gens que j'aime. »

Il n'y a pas de phrases ni de mots acceptables dans ma tête. Je dis la seule vérité qui reste, comme ces arbres solitaires dans un champ immense :

« Je suis là. »

Je lui presse les mains. J'aimerais pouvoir l'arracher au vide de la peur, comme un trapéziste à qui est confiée la vie de son compagnon suspendu dans le vide, sans filet.

« Écris… »

Je dois me pencher vers elle pour comprendre les mots qu'elle prononce. Son souffle est chaud, ses mots aussi rêches qu'un objet de fer qu'on frotte sur une pierre. J'écris les mots que Beatrice murmure. Quand elle a terminé, elle me tend son journal :

« Prends-le. Garde-le. Aujourd'hui, j'en ai fini d'écrire. Je te l'offre. »

Je ne peux pas. Je secoue la tête et le pose près d'elle.

« Je croyais écrire pour moi. J'ai compris que je le faisais pour toi. C'est ce que je peux et veux te donner, Leo. »

J'accepte.

« Beatrice, un jour on le lira ensemble. »

Elle sourit.

« Oui, maintenant va-t'en. Il est tard. Je suis fatiguée. »

J'aimerais lui faire un cadeau, mais je n'ai rien apporté. Je ne peux pas partir comme ça. Je fouille mes poches. Il n'y a rien… à l'exception de la pierre aux mille nuances de bleu que j'avais volée dans son salon. La honte ! Je n'ai rien d'autre. Je la dépose sur la paume de sa main, comme si c'était un diamant.

« Mon porte-bonheur, je veux que tu l'aies. »

Beatrice sourit, le ciel dans les yeux.

« Merci. »

Je l'embrasse sur les cheveux, et en un instant ma vie se remplit de son sang.

« À la prochaine.

— À la prochaine. »

Je serre le journal de Beatrice sur ma poitrine comme si c'était ma peau. Je n'ai pu lui offrir qu'un objet volé chez elle. Je n'ai rien à offrir, sinon l'amour que je reçois ou que je vole. Avant de sortir, je vole une autre pierre bleue. Je ne peux pas me déplacer sans mon porte-bonheur.

La nuit est le lieu des mots.

Les mots de Beatrice ont éclairé ma première nuit de veille, ma première nuit de vivant, ma première nuit. Celle où les autres font l'amour.

Si le paradis existe, ce sera Beatrice qui m'y conduira.

« La souffrance m'oblige à fermer les paupières, à me cacher les yeux. J'ai toujours cru que je dévorerais le monde avec mes yeux, qu'ils se poseraient comme des abeilles sur toutes les choses pour en distiller la beauté. Mais la maladie m'oblige à les fermer, à cause de la souffrance, de la fatigue. Il m'a fallu du temps pour découvrir que je vois mieux, les yeux fermés, que la beauté du monde est visible sous les paupières closes, et cette beauté, c'est toi, Dieu. Si tu m'invites à fermer les yeux, c'est pour que je sois plus attentive quand je les rouvre. »

Voilà ce qui est écrit dans le journal intime de Beatrice. Aujourd'hui je ferme les yeux et regarde la vie avec les siens. Si la vie avait des yeux, elle aurait les yeux de Beatrice. À partir d'aujourd'hui, j'aimerais la vie comme je ne l'ai jamais aimée. J'ai presque honte de ne pas avoir commencé plus tôt.

Je rentre du bahut. Ma mère m'ouvre la porte.

« Qu'est-ce qu'on mange ? »

Elle me regarde ainsi qu'on regarde un enfant qui s'est blessé.

« Ah non, pas de potage… »

Je lui dis que j'ai eu 17 en philo, mais avant même que j'aie précisé la matière, elle me serre violemment contre elle en cachant le visage dans le creux de mon cou.

Je sens le parfum de ma mère, un parfum qui me calmait quand j'étais petit : un mélange de rose et de citron. Mais ce n'est pas pour ma note qu'elle m'embrasse : si ça l'était, ses larmes ne mouilleraient pas ma joue. Je comprends enfin.

J'aimerais m'enfuir, mais elle ne me lâche pas et j'enfonce les doigts dans sa chair pour déterminer si ce qu'elle me dit sans un mot est vrai.

Ma mère est la seule femme qui me reste.

La seule peau qui me reste.

Beatrice est morte.

C'est le mot. Inutile de tourner autour, elle n'aurait pas voulu. Les gens disent *elle s'est éteinte, elle est partie, elle s'en est allée*. Quelles conneries !

Beatrice est morte.

Ce mot, « morte », est tellement violent qu'on ne peut le dire qu'une fois et se taire ensuite.

Silvia est la seule à qui j'aimerais parler, mais je n'ai pas la force de lui pardonner ses mensonges. La vie est une interro destinée à t'arracher une vérité que tu ignores et que tu feras semblant de te rappeler pour éviter de souffrir davantage… au point de te convaincre de ce mensonge, en oubliant que c'est toi qui l'as inventé.

Dieu, les étoiles ne servent plus à rien : éteins-les une après l'autre.

Démantèle le soleil et emballe la Lune.

Vide l'océan, déracine les plantes.
Plus rien n'est important.

Surtout, lâche-moi !

L'église est bourrée à craquer : le lycée est là au complet. Autour d'une silhouette de bois brillant qui dissimule son corps, ses yeux éteints. La Beatrice dont je me souviens n'est plus là, et celle qui est à l'intérieur de cette boîte est une autre. Voici le mystère de ce qu'on appelle la mort. Mais ce que j'ai aimé en elle ne s'est pas envolé, ne s'est pas enfui. J'ai son journal intime entre les mains, comme une seconde peau.

Gandalf célèbre la messe. Encore une fois. Il parle du mystère de la mort et d'un certain Job à qui Dieu prit tout. Malgré cela, Job lui resta fidèle, même s'il eut le courage de lui reprocher sa cruauté.

« Et pendant que Job crie, en larmes, Dieu lui dit : "Où étais-tu quand je fondai la Terre ? Qui enferma la mer à deux battants ? As-tu, une fois dans ta vie, commandé au matin, assigné l'aurore à son poste ? La pluie a-t-elle un père, ou qui engendre les gouttes de rosée ? Qui prépare au corbeau sa provende ? Est-ce sur ton conseil que le faucon prend son vol, qu'il déploie ses ailes vers le sud ? Le censeur de Dieu va-t-il répliquer ?" »

Le silence accueille la fin de la lecture.

« Comme Job, nous crions aujourd'hui à Dieu notre déception, nous n'approuvons pas, nous n'acceptons pas ce qu'il a décidé de faire. C'est humain. Mais Dieu nous demande d'avoir confiance en lui. C'est la seule solution au mystère de la souffrance et de la mort : la confiance en son amour. C'est divin, c'est un don divin. Nous ne devons pas avoir peur si nous n'y parvenons pas maintenant. Nous devons même le dire clairement à Dieu : nous n'approuvons pas ! »

Du blabla ! Moi, je déteste Dieu. Je t'en donnerais, de la confiance ! Gandalf continue, impassible :

« Mais nous disposons de la solution que Job n'avait pas. Vous savez ce que fait le pélican quand ses petits sont affamés et qu'il n'a pas de nourriture à leur donner. Il se blesse la poitrine de son long bec, afin qu'il en coule du sang nourrissant pour ses petits, qui s'abreuveront à sa blessure comme à une source. Le Christ a agi de la même façon envers nous, c'est la raison pour laquelle il est souvent représenté sous l'apparence d'un pélican. Il a vaincu notre mort de petits affamés en nous donnant son sang, son amour indestructible pour nous. Son sacrifice est plus fort que la mort. Sans ce sang, nous mourons deux fois… »

Le silence s'empare de moi. Je suis une pierre de chagrin suspendue dans le vide de l'amour. Totalement imperméable.

« Seul cet amour dépasse la mort. Celui qui le reçoit et le donne ne meurt pas, mais naît deux fois. Comme Beatrice… ! »

Silence.

Silence.
Silence.
« Maintenant je vous invite à parler d'elle. »
Je me lève sous les yeux de l'assemblée. Gandalf suit ma progression avec un peu de crainte. Il a peur que je dise des idioties.
« Je voulais juste lire les derniers mots du journal intime de Beatrice, des mots qu'elle m'a dictés et que j'ai transcris. Elle aurait certainement voulu que vous les connaissiez. »
Ma voix se brise. Je bois des larmes irrépressibles, mais je lis.
« Cher Dieu, aujourd'hui c'est Leo qui t'écrit, car je n'y arrive pas. Mais j'ai beau me sentir faible, je tiens à te dire que je n'ai pas peur : je sais que tu me prendras dans tes bras et que tu me berceras comme un nouveau-né. Les médicaments ne m'ont pas guérie, mais je suis heureuse. Je suis heureuse parce que je partage un secret avec toi : le secret qui me permet de te regarder, le secret qui me permet de te toucher. Cher Dieu, si tu me serres dans tes bras, la mort ne me fait plus peur. »

Je lève les yeux. L'église me semble inondée par la mer Morte de mes larmes, sur laquelle je flotte à bord d'un bateau que Beatrice a construit pour moi. Je croise le regard de Silvia, un regard consolateur. Je m'écarte : malgré mon radeau de bois, je suis sur le point de me noyer parmi les pleurs. Les derniers mots dont je me souviens sont ceux de Gandalf :
« Prenez et buvez-en tous. Ceci est mon sang versé pour vous… »

Dieu aussi gaspille son sang : une pluie infinie d'amour rouge sang baigne le monde chaque jour dans la tentative de nous rendre vivants, mais nous restons plus morts que les morts. Je me suis toujours demandé pourquoi l'amour et le sang avaient la même couleur : maintenant je le sais. C'est la faute de Dieu !

Cette pluie ne m'effleure pas. Je suis imperméable. Je reste mort.

Dernier jour de classe. Dernière heure. Dernière minute.

La sonnerie retentit : la dernière.

Un cri de libération en accompagne le coassement, comme si des détenus étaient brusquement libérés, des condamnés à perpétuité graciés par je ne sais qui.

Je reste seul : la classe ressemble à un cimetière. Les chaises et les tables ont vécu une année entière, animées par nos peurs et nos folies, blessées par nos stylos et nos crayons, elles sont là, immobiles comme des pierres tombales. Silence de mort. Sur le tableau noir, les caractères tracés rapidement par le Rêveur qui nous a souhaité de bonnes vacances à sa façon :

« Celui qui attend reçoit ce qu'il attendait, mais celui qui espère reçoit ce qu'il n'espérait pas. »

Une phrase d'Héraclite.

En ce qui me concerne, c'est une arnaque : j'ai perdu tout ce en quoi j'avais espéré.

L'année scolaire s'éteint comme un feu d'artifice. Cette année a duré une vie. Je suis né le premier jour de classe, j'ai grandi et vieilli en seulement deux cents jours. Le jugement presque universel des notes m'attend, et j'espère que commencera le paradis des vacances… Je passerai en première avec des notes assez bonnes.

Mais il y a une chose que j'ai comprise grâce à Beatrice : je ne peux pas me permettre le luxe de gâcher ne serait-ce qu'un jour de ma vie. Je croyais tout avoir et je n'avais rien, contrairement à Beatrice, qui n'avait rien et qui, elle, avait tout.

Je n'ai pas revu Niko et les autres. Par ma faute, on a perdu le tournoi. Je n'ai jamais expliqué ce qui s'était passé. Je m'en fous. Je m'en fous complètement. Silvia m'a tendu une lettre, mais je ne l'ouvre pas. Je n'ai pas envie de la lire. Je n'ai pas le courage de souffrir davantage.

Barbiche, le pion, apparaît sur le seuil et me surprend, assis, les yeux dans le vide.

« En trois ans, c'est la première fois que je te vois sortir de classe le dernier. Qu'est-ce qui se passe ? Tu redoubles ?

— Non, je réfléchissais…

— Eh bien, il y a donc eu un miracle ! »

On rit ensemble. Une tape sur l'épaule, voilà ce qui reste pour retourner à la vie.

Au milieu du couloir, je rebrousse chemin et lui crie :

« Ne l'effacez pas ! »

Le lycée est le monde à l'envers : on n'écrit jamais rien noir sur blanc, mais le contraire. Au lycée, tout est fait pour être oublié, comme la poussière blanche de la craie.

Barbiche ne m'a pas entendu, et son chiffon, arme de mille batailles, passe inexorablement sur les espoirs d'un rêveur.

APRÈS L'ÉTÉ

Puis, en larmes, seul au milieu de mes plaintes, j'appelle Béatrice et dis : « Est-ce possible ? Tu es morte ? » Crier son nom, alors me réconforte.

Dante Alighieri, *Vita nova*, XXI.

L'été est la raison pour laquelle on vit, mais celui-ci a été différent. Ça n'a pas été le temps des cris, mais le temps du silence. Je n'ai vu ni entendu personne. J'ai passé presque trois mois à la montagne, dans l'hôtel habituel. Pour la première fois, j'en avais envie. J'avais besoin de silence. J'avais besoin de marcher seul. Je n'avais pas besoin de me faire de nouveaux amis. Je n'avais pas besoin de sortir avec une fille juste pour avoir un truc à raconter à Niko à la rentrée. J'avais besoin du journal intime de Beatrice, car il renfermait un bout de bonheur. J'avais besoin de l'essentiel, et c'est plus facile de le trouver à la montagne.

Le soir, à la montagne, tu vois les étoiles comme tu n'en vois nulle part. Souvent mon père me raconte des histoires d'étoiles. Ma mère écoute en nous regardant plus que les étoiles. Un soir, mon père me raconte l'histoire de l'étoile que j'ai offerte à Silvia, et cette lumière encore chaude éclaire un coin de mon cœur que j'avais cadenassé.

Je n'ai pas réussi à ouvrir la lettre de Silvia, je ne l'ai même pas emportée. Je continue à lui écrire des SMS mais je n'arrive pas à les lui envoyer. Je les conserve tous. Catégorie MJM, Messages Jamais Envoyés.

De même, je conserve les siens. Je ne peux pas les effacer. Je dois en avoir plus de cent sur mon portable et quand je ne sais pas quoi faire, quand je ne pense à rien, quand je m'ennuie, quand j'en ai besoin, je les relis au hasard. Je les fais défiler et choisis le numéro qui m'inspire le plus. Message 33 : « Tu es le mec le plus débile de l'univers, mais au moins tu n'es pas chiant… » 12 : « Rappelle-moi d'apporter le bouquin d'histoire, crétin ! » 55 : « Arrête de faire l'idiot. Sortons. Tu me raconteras tout. » 21 : « C'est quoi, ta pointure ? Et ta couleur préférée ? » 100 : « Moi aussi. »

C'est le message le plus beau : je le remplissais de ce que je voulais et il me répondait toujours « Moi aussi ». Et je n'étais jamais seul. C'était le numéro 100 et il portait bonheur. Je pourrais écrire un roman rien qu'avec des SMS. Pour l'instant, j'ai peu de personnages : Silvia, Niko, Beatrice et sa mère, le Rêveur et moi. Oui, le Rêveur : j'avais son numéro de portable, et je lui ai envoyé un message pour lui dire bonjour et lui demander si son copain, celui qui avait eu des problèmes avec son père, allait mieux. Il m'a répondu oui : grâce aux mots de Beatrice que j'avais lus à la messe d'enterrement, son ami avait commencé à guérir de sa blessure. Je lui ai demandé alors ce que son copain savait de Beatrice. Il ne l'avait tout de même pas invité à l'enterrement ? !

« Si, d'une certaine façon… Merci, Leo, je suis heureux de t'avoir rencontré. »

Je réponds : « Mais de quoi ? »

Peut-on parler de tous les sujets par SMS ? Oui, j'en suis persuadé.

« D'avoir eu le courage de lire ces mots. Nous retrouverons ceux que nous avons aimés et nous avons toute la vie pour demander pardon. »

J'ai relu cette réponse au moins cent vingt-sept fois, elle était trop philosophique. Et à la cent vingt-huitième, j'ai compris trois trucs :

1) J'appelle philosophiques toutes les « choses » vraiment importantes, et c'est peut-être le but de la philosophie…

2) Il faut que je réponde au SMS du Rêveur : « C'est grâce à Beatrice. À bientôt ! »

3) Il me tarde de rentrer chez moi pour lire la lettre de Silvia.

Je passe la soirée à contempler son étoile. Ma mère s'assied à côté de moi en pleine nuit, dans le parfum des sapins, son visage détendu et éclairé par la Lune.

« Maman, comment on fait pour aimer quand on n'aime plus ? »

Ma mère continue de regarder le ciel, allongée maintenant à côté de moi, pendant que je fixe la Naine-Blanche-Géante-Rouge dite Silvia.

« Leo, aimer est un verbe, non un substantif. Ce n'est pas une chose établie une fois pour toutes, elle évolue, monte, descend, s'enfonce, comme les rivières souterraines, qui n'interrompent pas pour autant leur course vers la mer. Elles abandonnent parfois la terre ferme, mais elles continuent de couler dans les cavités obscures, pour remonter et jaillir en fécondant tout. »

Le ciel semble la caisse de résonance de ces mots doux qui, aujourd'hui, dans ce contexte, ne sont pas rhétoriques.

« Alors qu'est-ce que je dois faire ? »

Ma mère garde le silence pendant deux minutes au moins. Puis sa réponse arrive, fleuve qui atteint la mer au prix de grands efforts :

« Aimer quand même. Tu peux toujours le faire. Aimer, c'est une action.

— Même quand il s'agit d'aimer quelqu'un qui t'a blessé ?

— C'est normal… Les gens qui nous blessent appartiennent à deux catégories : ceux qui nous détestent et ceux qui nous aiment…

— Je ne comprends pas. Pourquoi ceux qui nous aiment devraient nous blesser ?

— Quand elles aiment, certaines personnes agissent bêtement. Elles se trompent de route, mais elles essaient… Quand les gens qui t'aiment cessent de te blesser, il faut t'inquiéter : ça signifie qu'ils ont renoncé ou que tu n'y tiens plus…

— Et si on n'arrive toujours pas à aimer ?

— Tu n'as pas assez essayé. Nous nous leurrons souvent, Leo. Nous pensons que l'amour est en crise, mais c'est justement l'amour qui nous demande de grandir… comme la Lune : on n'en voit qu'un croissant, mais elle est toujours là, entière, avec ses océans et ses sommets. Il faut juste attendre qu'elle grossisse, que la lumière éclaire peu à peu sa surface cachée… cela demande du temps.

— Maman, pourquoi tu as épousé papa ?

— D'après toi ?

— Parce qu'il t'a offert une étoile ? »

Ma mère sourit. La Lune éclaire la ligne parfaite de ses dents encadrées par un visage capable d'apaiser toutes les tempêtes.

« Parce que je voulais l'aimer. »

Elle m'ébouriffe les cheveux pour libérer les idées noires qui en sont prisonnières, comme elle le faisait quand, tout à mes peurs, je me cachais, enfant, dans ses bras.

Après quoi, il y a eu le silence de ceux qui regardent la Lune et le Ciel, parlent avec qui ils veulent derrière les étoiles.

Où elle est ? Je ne la trouve pas, je ne la trouve nulle part. Désastre cosmique. Les cours recommencent demain, et je ne trouve pas la lettre de Silvia. Dieu, aide-moi pour une fois ! Une illumination : le manuel d'histoire. Heureusement que je ne l'ai pas vendu comme les autres : je voulais éviter de faire du tort au Rêveur qui voit tant de choses dans ce bouquin, plus de choses qu'il n'y en a réellement…

Voilà où je l'avais rangée. Je ne veux pas la lire tout de suite. Mes rêves se réalisent sur un banc, c'est là que je compte la lire et y réfléchir calmement.

« Maman, j'emmène Terminator pisser ! »

Je cours, je cours, je cours. Je cours comme un dératé. Terminator tire la langue, il ramasse toute la poussière de l'univers, il n'arrive pas à me suivre. Des deux, c'est lui qui paraît me sortir et essayer de me freiner.

Voici mon banc : vide, solitaire, rouge, dans l'attente de mes rêves. Je laisse Terminator se promener : ici, il est heureux et sage.

J'ouvre la lettre. Je découvre l'écriture de Silvia, cette écriture que j'ai toujours rêvé avoir et que je n'aurai jamais.

Cher Leo,

Je suis venue te raconter un épisode qui m'a fait penser à toi, je n'ai pas pu m'empêcher de t'écrire. Je sais que tu es furieux contre moi et que tu ne veux pas me parler. Prends cette lettre comme un épanchement que tu es le seul à pouvoir accueillir.

L'autre jour, je suis allée me promener avec un groupe d'amis de ma famille. Soudain, je me suis retrouvée en tête à tête avec le fils de l'un d'eux. Il s'appelle Andrea et il s'est entiché de moi. Il s'est approché et a essayé de m'embrasser. Je l'ai repoussé. Il a tourné les talons et il est parti comme toi, ce jour-là. Mais alors que je regardais son dos, je n'ai pas trouvé la force de le regretter. Andrea ne signifie rien pour moi. Le jour où je t'ai regardé partir, assise sur ton banc, quelque chose s'est brisé en moi. J'ai compris que je ne parviens à voir le monde qu'avec toi.

D'après les Grecs, l'homme était à l'origine sphérique, et Zeus, pour le punir de ses mauvaises actions, l'avait coupé en deux. Les deux moitiés errent à travers le monde et se cherchent. En proie à la nostalgie, elles ne cessent de se chercher, et quand elles se retrouvent la sphère veut se recomposer. Cette histoire est en partie vraie, mais elle n'est pas suffisante. Quand les deux moitiés se retrouvent, elles ont vécu leur vie. Elles ne sont plus semblables à ce qu'elles étaient quand elles se sont séparées. Leurs bords ne correspondent plus. Elles ont des défauts, des faiblesses, des blessures. Il ne suffit pas qu'elles se retrouvent et se reconnaissent. Il faut qu'elles se choisissent, car leurs deux moitiés ne s'épousent pas parfaitement. Seul l'amour les pousse à accepter leurs arêtes, seule l'étreinte arrondit leurs angles, même si c'est douloureux. Ce jour-là, Leo, j'ai découvert que nos moitiés ne s'épousent pas parfaitement et que seule une étreinte peut réparer ça. Sans toi, le monde s'est vidé. Tout me manque de toi : ton rire, ton regard, tes subjonctifs pleins de fautes, tes SMS, nos conversations… ces choses insignifiantes qui valent tout pour moi, car elles t'appartiennent.

Voilà, je voulais juste te dire ça. Ton dos sera toujours unique à mes yeux. Quand c'est toi qui me tournes le dos, c'est la vie qui me tourne le dos. Pardonne-moi. Et si tu peux, reprends-moi avec mes défauts. Serre-moi dans tes bras. Comme je le ferai avec toi. Nos étreintes nous changeront. Je t'aime tel que tu es, fais-le toi aussi, même si je ne suis pas parfaite comme Beatrice. J'aimerais que ton banc devienne notre banc : deux cœurs et un banc. Tu vois, je me contente de peu…

Je lève les yeux. Le fleuve coule, indifférent aux bouleversements du monde, ce fleuve qui a charrié des siècles de larmes, de joie et de souffrance, qui a conduit ces larmes à leur destination : la mer, salée pour cette raison. Je serre entre mes doigts mon porte-bonheur, bleu dans le bleu du matin, et je sens Beatrice près de moi, si proche que j'ai l'impression de vivre avec deux cœurs, le sien et le mien, avec quatre yeux, les siens et les miens, avec deux vies, la sienne et la mienne.

Et la vie est la seule chose qui ne se trompe pas, si toi, cœur, tu as le courage de l'accepter…

La nuit est tombée. Une nuit de septembre où parfums, couleurs, sons, ressemblent à un arc-en-ciel capable d'unir Ciel et Terre. Beatrice me regarde, de son étoile. J'ai ma guitare à la main et un basset à la retraite aux pieds : Terminator était l'excuse nécessaire pour sortir à cette heure-ci sans éveiller trop de soupçons. Je sonne à l'interphone et lui demande de se pencher à la fenêtre de sa chambre.

« Qui est-ce ? »

Elle se penche au deuxième étage de ce qui est devenu un château enchanté et a du mal à me distinguer dans l'obscurité de la rue. Mais elle peut entendre ma voix.

« Le jour où tu as écrit la lettre à ma place, je t'ai promis de chanter pour toi… »

Silence. Pendant que j'accorde la guitare, je me perds dans le bleu foncé du ciel et j'attaque :

Sai, nascono così
fiabe che vorrei
dentro tutti i sogni miei…
E le racconterò
per volare in paradisi che non ho.

E non è facile restare
senza più fate da rapire,
e non è facile giocare
se tu mi manchi[1]...

Dans le noir, j'imagine le visage de Silvia qui écoute, qui écoute ma voix, et je n'ai plus honte de rien, car si j'ai une belle voix, c'est pour la lui offrir :

Portami con te,
tra misteri di angeli
e sorrisi demoni.
E li trasformerò
in coriandoli di luce tenera.
E riuscirò sempre a fuggire
dentro colori da scoprire[2]...

Je suis dans tous les contes du monde et je les réinvente tous, façon urbaine, pour les rendre réels. D'autres visages apparaissent aux fenêtres de l'immeuble enchanté, intrigués par cette sérénade. Je m'en fiche, je suis le plus libre des hommes, qui a le courage d'affronter le monde entier pour éviter de perdre ce qui compte vraiment.

---

1. Tu sais, c'est ainsi que naissent / des contes que je voudrais / avoir dans tous mes rêves... / Je les raconterai / pour rejoindre des paradis / que je n'ai pas. / Il n'est pas facile de se retrouver / sans fées à enlever, / il n'est pas facile de jouer / si tu n'es pas là.

2. Emmène-moi, / parmi des mystères d'anges / et des sourires démoniaques. / Je les transformerai / en confettis de lumière tendre. / Je parviendrai toujours à fuir / dans des couleurs à découvrir...

Aria, respirami il silenzio,
non mi dire addio,
ma solleva il mondo[1]*…*

Ma voix est à la fois libre et lourde. Sa pesanteur, ce sont les événements passés, transformés en ailes et plumes qui lui permettent de voler, aussi légère que grave. Maintenant que je suis lourd, je peux voler.

Aria, abbracciami.
Volerò, volerò, volerò,
volerò[2]*…*

Silence. Je lève les yeux. Silvia n'est plus à sa fenêtre. J'entends des sifflets et moqueries. Des rires, peut-être envieux. Des applaudissements.

La porte du château enchanté s'ouvre. Une ombre avance d'un pas lent. Je fixe le visage qui se rapproche dans le noir.

« Silvia est à son cours de danse… je te l'ai dit d'en haut, mais tu n'entendais pas. Tu chantes bien ! Je t'ai écouté attentivement. Tu étais à cent pour cent… »

La mère de Silvia sourit. Je l'ai prise pour Silvia. Heureusement, l'obscurité dissimule le rouge qui me monte aux joues, un rouge qui pourrait les faire voler en éclats comme dans le pire des films d'horreur.

« Tu veux monter jusqu'à son retour ?

---

1. Air, respire le silence pour moi, / ne me dis pas adieu, / mais soulève le monde…

2. Air, embrasse-moi. / Je vais voler, voler, voler, / voler…

— Non merci, je l'attends ici…

— Comme tu préfères. Mais… chante cette chanson pour elle… »

Je m'assieds sur les marches, devant la porte, pareil à un gitan qui mendie en essayant de noyer sa honte, ou ses secrets, dans le cœur de la nuit. Terminator se blottit tranquillement à mes pieds pour la première fois de sa vie.

Je ferme les yeux et recommence à chanter, en murmurant, pendant que mes doigts jouent la mélodie qui traverse le ciel et saisit les étoiles comme si c'étaient les notes de ce morceau, des notes flottant sur la partition infinie du ciel.

J'ouvre les yeux. Un visage me contemple.

Ce visage aux yeux bleus, attentifs, sourit laborieusement, pareil à une porte rouillée qui s'entrouvre. Et voilà que surgit de l'entrebâillement un bonheur oublié, auquel je ne pensais plus depuis la mort de Beatrice. Il souffle, m'enveloppe, me submerge et murmure à mes oreilles comme s'il chantait : « Je parviendrai toujours à fuir dans des couleurs à découvrir… »

On s'embrasse ainsi que s'embrassent deux pièces de Lego.

Je murmure à l'oreille de Silvia : « Moi, je trouve qu'on s'épouse parfaitement. »

Pour toute réponse, elle me serre plus fort contre elle. Cette étreinte me permet de sentir mes arêtes, mes défauts, mes épines. Ils s'émoussent puis s'encastrent avec douceur dans les creux de Silvia.

Terminator court autour de nous en formant des cercles magiques qui nous protègent des sorciers, comme dans les contes de fée.

Un baiser. C'est le pont rouge qu'on construit entre nos âmes qui dansent sur le vertige blanc dans la vie sans craindre de tomber.

« Je t'aime, Leonardo. »

Mon prénom, entier, mon vrai prénom précédé de ce verbe à la première personne : cette formule explique tout ce qui est caché dans le cœur du monde.

On m'appelle Leo, mais mon prénom est Leonardo.

Et Silvia aime Leonardo.

« Je vais t'apprendre un jeu.

— J'espère que ce n'est pas un de tes duels débiles !

— Non, non, c'est un jeu que m'a appris Beatrice. Le jeu du silence.

— Celui auquel on jouait à l'école primaire ?

— Non, non. Écoute. On s'allonge côte à côte. On ferme les yeux pendant cinq minutes sans rien dire et on se concentre sur les couleurs qui apparaissent sous les paupières. »

Il n'y a pas beaucoup de place pour deux sur le banc rouge, mais en se serrant on y arrive, le visage tourné vers le ciel. L'amour, c'est aussi ça : se faire de la place ensemble, là où il n'y en a pas.

Main dans la main, les yeux fermés, on attend en silence que l'alarme de mon portable retentisse.

À la seconde minute, j'ouvre les yeux et me tourne vers Silvia. Elle me regarde. Je fais semblant d'être en colère et je lui dis qu'il reste encore trois minutes.

« Qu'est-ce que tu as vu ? demande-t-elle.

— Le ciel.

— Comment il était ?

— Bleu… » J'aimerais ajouter *comme tes yeux*, mais je n'y arrive pas.

Comme si elle avait compris, Silvia m'adresse un sourire parfait, sans nuages.

« Et toi ?

— Toutes les couleurs.

— Qu'est-ce que c'était ?

— Arlequin… et c'était toi.

— Merci… très sympa… » dis-je, un peu vexé.

J'avais pensé au ciel, comme le plus prévisible des romantiques, mais le ciel reste le ciel. Et elle a vu en moi un masque de carnaval minable.

Silvia éclate de rire. Elle reprend son sérieux et dit :

« Arlequin était un enfant pauvre. Un jour où il rentrait chez lui, sa mère lui demanda pourquoi il était triste. Le lendemain, c'était Carnaval : tout le monde aurait un habit neuf, sauf lui, qui n'avait rien à se mettre. Sa mère l'embrassa et le rassura. Arlequin alla se coucher. Sa mère, qui était couturière, s'empara d'une corbeille de tissus colorés, des chutes, et passa la nuit à les coudre les unes aux autres. Le lendemain, Arlequin avait le déguisement le plus beau et le plus original. Émerveillés, les autres enfants lui demandaient où il l'avait acheté, mais il ne répondait pas, bien décidé à garder le secret de sa mère, qui avait passé la nuit à coudre ces bouts de tissus de toutes les couleurs : blanc, rouge, bleu, jaune, vert, orange, violet… Il comprit qu'il n'était pas pauvre parce que sa mère l'aimait plus que quiconque, et cet habit en était la preuve. »

Silvia marque une pause.

« Leonardo, tu es le plus beau, car tu as su recevoir et donner de l'amour, tu ne t'es pas dérobé. Et tu en portes les marques.

— Tu es la plus belle, Silvia. »

Silvia enfonce son visage dans le creux de mon épaule, et ses doigts entre les miens, comme un puzzle parfait. J'ai l'impression de voir apparaître sur ma peau mille bouts de tissu de toutes les couleurs.

Au fond, la vie ne cesse de nous tailler un habit multicolore au prix d'innombrables nuits blanches, avec des restes d'autres vies cousus ensemble.

Au moment où on se sent les plus pauvres, la vie, comme une mère, nous prépare le plus beau des vêtements.

Premier jour de cours. Je me réveille quarante minutes avant l'heure. Et ce, non parce que c'est le premier jour de cours, mais parce que j'ai décidé d'aller chercher Silvia. Je file avec mon nouveau Batscooter (la réincarnation du précédent, les freins en plus…) dans l'air de septembre rempli de bleu, comme le bleu du porte-bonheur que j'ai au cou. Je vole au milieu des machines aussi vite que Silver Surfer.

Tout me fait rire, même les agents endormis et les feux rouges qui essaient inutilement de me freiner. Devant l'immeuble, Silvia m'attend. C'est elle qui est ponctuelle, pas moi. Elle monte sur mon destrier. Ses bras se resserrent autour de ma taille.

Je n'ai plus peur. En partie grâce à mes freins. Mon scooter s'est changé en cheval blanc qui ne galope pas, mais vole au-dessus de l'asphalte. Je suis vivant ! Je regarde le ciel. Comme le sourire de Dieu, la lune encore blanche semble approuver mes actes. Mais elle se ravise en voyant Niko me rejoindre avec son sourire féroce invitant au duel. Je ne peux pas refuser. Je le laisse gagner uniquement parce que Silvia est derrière moi. Mais le sourire qu'on échange ensuite est la plus chaude des poignées de main, la plus rouge des étreintes. Avec les garçons, tout est plus simple.

Premier jour de lycée. À côté de Silvia, les heures de cours semblent courtes, merveilleuses, pleines de vie. On dirait que l'univers agonisant a reçu la transfusion de sang dont il avait besoin pour continuer de respirer.

À partir d'aujourd'hui, je me mets à l'écriture. Il faut que j'écrive toutes ces choses pour pouvoir me les rappeler. J'ignore si j'en suis capable, mais je vais m'appliquer. Il vaut peut-être mieux que j'utilise un crayon. Non, un stylo. Un stylo rouge. Rouge comme le sang. Rouge comme l'amour, l'encre des pages blanches de la vie. Les seules choses dont il vaut la peine de se souvenir sont racontées avec le sang : le sang ne fait pas d'erreurs, aucun professeur ne peut les corriger.

Le blanc de ces pages ne m'effraie plus. Je le dois à Beatrice, blanche comme le lait, rouge comme le sang.

Je contemple les yeux bleus de Silvia : une mer où faire naufrage sans en mourir, au fond de laquelle règne la paix, même si la tempête l'agite en surface. Et tandis que cette mer me berce, je lui adresse un sourire parfait. Mon sourire dit sans mots que quand on commence à vivre vraiment, quand la vie nage dans notre amour rouge, chaque jour est le premier, chaque jour est le début d'une vie nouvelle.

Même si ce jour-là est le premier jour de cours.

Cher Leo,

Je te rends ton manuscrit. Je l'ai lu d'une traite, en une nuit, et il m'a rappelé l'histoire d'un célèbre général grec qui devait affronter avec six cents hommes réfugiés sur le Mont Parnasse une immense armée qui les encerclait au pied de la montagne. La défaite était assurée, mais le devin de la petite armée eut une idée : répandre du plâtre sur ses compagnons et leurs armes.

Ils attaquèrent leurs ennemis de nuit, bien décidés à tuer tout guerrier qui n'était pas blanc. Les sentinelles ennemies furent aussitôt terrifiées. Songeant à un étrange prodige, elles poussèrent des cris et s'enfuirent, poursuivies par des fantômes, dont la lune accentuait la pâleur. Ces six cents hommes l'emportèrent sur des adversaires paralysés de peur et se retrouvèrent maîtres du terrain, en compagnie de quatre mille cadavres ensanglantés. Le sang s'était collé aux armures et à la peau blanche des guerriers fantômes qui, avec le jour, semblaient encore plus redoutables en raison de ce mélange de blanc et rouge.

Leo, nous avons parfois peur d'ennemis qui sont beaucoup moins forts qu'ils ne le semblent. Seul le blanc qui les revêt, dans le cœur de la nuit, leur donne une apparence mystérieuse et terrible. Le véritable ennemi, ce ne sont pas les soldats couverts de plâtre : c'est la peur.

Le blanc est nécessaire.

Tout autant que le rouge.

Tu ignores peut-être que, selon de récentes études anthropologiques, les premiers noms attribués aux couleurs, dans la plupart des cultures, distinguent le clair du sombre. Quand une langue se raffine au point de comprendre trois noms de couleurs, le troisième terme désigne presque toujours le rouge. Les noms qui indiquent les autres couleurs se développent par la suite, une fois que ce terme est devenu d'usage courant, et il est fréquent que le terme « rouge » soit associé au terme « sang ».

Les chercheurs confirment ce que la vie t'a enseigné. Les cultures, les civilisations ont découvert en l'espace de plusieurs décennies ce qu'il t'a fallu une année scolaire pour apprendre. Merci d'avoir partagé avec moi ta découverte.

Je me suis contenté de compléter les passages où tu parles de moi et à corriger çà et là quelques subjonctifs, mais pour le reste, je n'ai rien touché. Cela aurait équivalu à toucher ta vie, et je veux qu'elle reste intacte.

Je suis fier d'avoir pris part à cette aventure. Je suis fier de toi.

Incurablement prof,
Le Rêveur

REMERCIEMENTS

Un jour, un élève, effaré par la énième rédaction que je lui avais infligée, m'a demandé à brûle-pourpoint : « Monsieur, pourquoi écrivez-vous ? » J'ai répondu instinctivement : « Pour savoir comment les choses se terminent. » Et, en écriture comme dans la vie, les choses se terminent toujours par un merci.

Quelqu'un a dit que les mauvais écrivains copient et que les bons volent. J'ignore à quelle catégorie le lecteur me destinera, mais toutes deux découlent sans conteste des dettes que l'on a envers ceux qu'on a copiés, volés ou – moins furtivement – qui nous ont donné. La vie possède le meilleur des copyrights. Scénariste inexorable, elle nous transforme en personnages de plus en plus capables d'aimer.

Alors, qu'est-ce qu'on dit ? nous torturait-on quand nous étions petits. Nous répondions toujours *merciiii* en étirant le i, sans aucune conviction. Or, au fil des ans, dire merci est devenu pour moi non seulement un acte de bon sens, mais peut-être la façon la plus agréable de vivre.

Alors, merci :

à ma famille qui m'a appris que l'amour est toujours possible : à mes parents, Giuseppe et Rita, qui fêtent cette année leur quarante-cinquième anniversaire de mariage ; à mes extraordinaires frères et sœurs qui, par leurs points de vue, remplissent de nuances les couleurs du monde : Marco, le philosophe, Fabrizio (avec Marina et Giulio), l'historien, Elisabetta, la psychiatre, Paola, l'historienne de l'art et Marta, l'architecte, auteur de ma photo sur la jaquette. Ainsi que Martina Mercadante-Giordano et sa famille ;

à ceux qui ont cru en ce livre et qui m'ont aidé à le mener à bien : tout d'abord, Valentina Pozzoli, inégalable accoucheuse d'histoires. Et puis : Antonio Franchini, qui y a cru tout de suite avec l'enthousiasme que j'ai vu chez ses enfants lorsqu'ils écoutent des contes sur une terrasse dénommée « Grèce », Marinela Rossi, qui connaît et aime mes personnages plus que moi, Giulia Ichino et Alessandro Rivali, amis et réviseurs attentifs, fins, sincères ;

pêle-mêle, à tous ceux qui, de façons et à des moments différents, ont joué un rôle dans les coulisses de ces pages : mes élèves et mes collègues de la seconde A et B du lycée San Carlo de Milan, tous mes élèves romains, en particulier ceux de seconde du lycée Dante, du Iunior, du lycée Visconti, du groupe de théâtre Eufemia, de Ripagrande. Mario Franchina, inoubliable professeur de lycée, père Pino Puglisi qui un jour, alors que j'étais en quatrième, n'est plus revenu au lycée. Susanna Tamaro, Roberta Mazzoni, Gianluca et Tessa De Sanctis, Federico et Vanessa Canzi, Roberto et Monica Ponte, Angelo et Laura Costa avec leurs familles, les amis du Living Room et Delta. Aldo Viola, Paolo Pellegrino, Rosy de la librairie Il Trittico, Raffaele Chiarulli, Sveva Spalletti, Guido Marconi, Filippo Tabacco, Alessandra Gallerano, Paolo Virone, Antoine de Brabant, Michele Dolz, Valentina Provera, Siio Legramanti, Paolo

Diliberto, Giuseppe Corigliano, Sergio Morini, Mauro Leonardi, Armando Fumagalli, Marco Fabbri, Paola Florio, Maurizio Bettini et mes collègues du doctorat, Emanuela Canonico, Giuseppe Brighina, Lorenzo Farsi, Carlo Mazzola, Marcello Bertoli, Cristian Ciardelli… et le chien de mes voisins ;

à toi, lecteur qui, sur un canapé, sous les couvertures, dans la rue, à bord d'un autobus, sur un banc rouge ou ailleurs, es arrivé à cette page et qui as donc consacré ton précieux temps à mes personnages…

merci.

P.S. En Italie, les modalités du don de sang de la part d'un mineur sont plus rigoureuses et complexes que ce roman pourrait le laisser croire. Sur ce point, les exigences romanesques l'ont emporté sur la réalité.

PAPIER À BASE DE FIBRES CERTIFIÉES

Le Livre de Poche s'engage pour l'environnement en réduisant l'empreinte carbone de ses livres. Celle de cet exemplaire est de :
300 g éq. CO_2
Rendez-vous sur www.livredepoche-durable.fr

Composition réalisée par FACOMPO (Lisieux)

Achevé d'imprimer en décembre 2012 en France par
CPI BRODARD ET TAUPIN
La Flèche (Sarthe)
N° d'impression : 71369
Dépôt légal 1re publication : janvier 2013
LIBRAIRIE GÉNÉRALE FRANÇAISE
31, rue de Fleurus – 75278 Paris Cedex 06